H. J. Schiffer · Geniale Debütanten

Das Buch

»Geist ist überall Geist, wie Licht, das überall Licht ist«, verkündet Astronaut David Fisher. »Dieses Universum hat unsere Sprache voraus, die goldenen Partituren der Künste, allen Wissens und jeglicher Phantasie, aber auch die Stimmen der Finsternis, die Mächte des Profits und Verderbens.«

Und da die Gefahr dort beginnt, wo das Verständnis anderer aufhört, wird für ihn mit einem Male alles Geschehen zur Flucht, spürt er den tödlichen Windhauch, der ihn jeden Moment in die dünne Wirklichkeit seines Schattens blasen könnte.

»Was der Autor vor dem Leser entstehen läßt, ist eine virtuelle Wirklichkeit, die ihre Elemente aus dem Grotesk-Abstrusen ebenso wie aus dem ungewohnt Schönen bezieht. Einzelne Szenen erinnern an das magische Theater des ›Steppenwolfs‹ und stehen im Zeichen einer Halluzinationsliteratur, die bis auf Lautréamont zurückreicht.

Beinahe jeder Satz, jede Formulierung ist gekennzeichnet durch eine neue Bedeutungskombination, ein neues Sprachbild«.

Prof. Dr. Gert Niers, Ocean County College, New Jersey, über Band I »Die genetische Arche«.

Der Autor

Als der Dirigent und Orchesterleiter H. J. Schiffer von der Show- und Konzertbühne seinen Abschied nahm, wußten nur wenige, dass dahinter seine besondere Liebe zur Schriftstellerei stand. Seine damaligen künstlerischen Erfolge verbuchte er bei zahlreichen nationalen und internationalen TV- und Rundfunksendungen.

Seine Bücher geben reichlich Gelegenheit zu Provokationen und Denkspielen. Zuletzt erschienen »Sternreisender«, Gedichte.

H. J. SCHIFFER
GENIALE
DEBÜTANTEN
ROMAN

Juni 2001
© Heinz J. Schiffer, Ratingen
Satz und Layout: Buch & medi@ GmbH, München
Umschlaggestaltung: Kay Fretwurst, Spreeau
Herstellung: Books on Demand GmbH, Norderstedt
Printed in Germany · ISBN 3-8311-1813-2

Für Annette

KAPITEL 1

Auf den ersten Blick ist es ein Spiegel wie jeder andere, vielleicht etwas altmodischer, verziert mit einer Kette flackernder Glühbirnen und der magischen Erzählkunst eingravierter Blüten. Bisweilen sogar verkörpert er das naive Lächeln manch verblassten Glücks, hält Zwiesprache mit dem zerbrochenen Alphabet aufgepuderter Eitelkeit, oder erweist sich als Flammentopf jener Wurzeln, von denen man sich immer wieder losgerissen hat, um sich seines Selbst zu vergewissern. So ist er das, wofür er geschaffen wurde, Seeleneingang tausender von Tränen, und er ist die Wunde einsamster Stunden, die angewachsene Zunge im Schweigen vertaner Möglichkeiten, das Licht, dem sich die Schöpfung entzieht und das Vakuum jener Namen, die Identitäten auslöschen. Ein Antlitz, das Spaß daran entwickelt, an sich herumzukritzeln, sich zu einem Narren aufzuschminken, zu Othello oder Münchhausen. Bis dahin ist er eigentlich noch ein ganz normales Requisit menschlicher Träume und Fantasien, wäre da nicht dieses Gesicht, welches sich schwer tut zu materialisieren, jemand, der die Projektionsfläche seiner Persönlichkeit für billiges Geld an Politik und Medien veräußert hat, mit bizarrer Lebensweise und einem verblüffend selbstreinigenden Image. Nun aber vermisst er sein Profil und verliert mit einem Male die Erinnerung an sein tatsächliches Aussehen. Derweil sicherlich kaum mehr als die dümmliche Frage dahinter steht, was ist, wenn er alle seine Rollen ablegt, jene, in die er sich mühsam hineingearbeitet hat, diese, in die er hineingestoßen wurde und solche, die sich ausschließlich aus Einbildungen zusammensetzen.

Ich bin der Kopf, höre ich mich reden, mit dem andere spazieren gehen, ihre Dialoge kommentieren, oder Bücher schreiben, ein Windvogel, der ganz oben aufgehängt ist, eine reale Kopie dessen, was Politiker sagen und Astronauten sehen. Ganz gleich, ob sie als Original aus dem Orbit zurückkehren oder schon in den Olymp ihrer Götterväter aufgestiegen sind, ob ihnen der Erfolg zu Kopfe gestiegen ist oder sie als El Cid, mehr tot als lebendig, ihre letzte Schlacht schlagen. Nichts ist unwirklicher als die Zeit, in der wir leben, und also werden wir sie gegen den Neid der Schwächeren zum Abenteuer erheben, zum Schlagabtausch unterhaltsamer Uneinsichtigkeiten. Hat man erst einmal den Virus des Chaos geschmeckt, wird man nicht umhin kommen, ihn auch auszuschwitzen. Rätsel verlieren ihren Reiz dadurch, dass man sie löst. Folglich werden wir weiterhin unsere Zweifel anmelden. Der Wissende ist jemand, der hinterher genau weiß, woran er gescheitert ist.

»Es gibt Romantiker«, schreckt mich plötzlich eine zarte Frauenstimme, »denen die Zeit davonläuft, und Realisten, die ihr hinterherlaufen. Das Unheil dieser Welt«, versucht sie ihr Erscheinen zu erklären, »besteht darin, alles auf den letzten Moment zu verlegen. Schauen Sie, in fünf Minuten haben Sie Ihre Anwesenheit in den planetarischen Raum verlegt, aufgesogen von einer Kamera und dem Bemühen darum, sie möglichst mit der Schokoladenseite ins Wohnzimmer unserer Zuschauer zu bringen.«

Tupft mir ein paar Schweißperlen von der Stirn, prüft den Sitz meiner buntgeblümten Krawatte und führt aus, dass die unerbittliche Macht des Fernsehens darauf fixiert wäre, pünktlich auf Sendung zu gehen. Umreißt ihren Aufgabenbereich mit der Tatsache, dass sie nur die Assistentin eines Assistenten sei und beklagt, dass sich nichts leichter köpfen ließe als unwichtige Köpfe.

»Wir alle kennen den Preis, den das Leben fordert, nicht aber den Wert, es zu genießen«, befleißige ich mich um eine angemessene Antwort, »zur Schizophrenie der Menschen gehört es, bedeutungslose Dinge mit Schwierigkeiten zu beladen. Wie sonst auch wollte man sich ihrer Aufmerksamkeit versichern. Es gibt also Flöhe«, suche ich den passenden Vergleich, »die sich die meiste Zeit des Daseins in der Luft aufhalten, und Leute, die mit ihnen um die Wette hüpfen, einige sogar ohne jemals unten angekommen zu sein.«

»Die Vernunft ist also keineswegs so vernünftig wie sie sich darstellt«, attestiert sie mit höflichem Lächeln. Genauso wenig«, pflichte ich bei, »wie die Illusion nur Illusion ist, der Spiegel ein Spiegel, oder Gesichter auch nur andeutungsweise Aufschluss darüber geben, wer sich dahinter versteckt.«

Worte, die nicht unbedingt den Zebrastreifen ihres Verständnisses entlang laufen, aber im Sinne sich einstellenden Lampenfiebers mit freundlichem Kopfnicken quittiert werden.

Bis dahin ist eigentlich alles so wie schon immer. Nichts geschieht, worin man sich nicht schon tausendmal verhaspelt hätte. Und dennoch ist einiges anders, hier redet jemand, der seine Identität eingebüßt hat, jemand, der sich schwer tut, er selbst zu sein, der es darauf anlegt, sich in die dünne Wirklichkeit seines Schattens zu begeben, der mit der Leere seines Antlitzes dasteht, sich um die eigene Lesbarkeit betrogen fühlt und feststellen muss, dass alles Geschehen zur Flucht wird, zur schlechten Raumluft und einem düster zugestellten Korridor. Was hier umfällt, narren mich die abgestellten Kulissen, müsste schon von allein aufstehen, wollte es weiterhin existieren. Die Erfolge von gestern sind die Stolperarien von morgen, und so sehe ich meine Vergangenheit urplötzlich auf den Kopf gestellt, angekratzt und ausrangiert, zuweilen sogar mit der Besorgnis, mich mit Dingen umgeben zu haben, die nie realer waren als die Dekorationen dahinter und davor. Doch noch ehe ich diese Gedanken zum Aufguss moralischer Entrüstung machen kann, entschwinden meine Überlegungen im trockenen Licht unzähliger Scheinwerfer, kehrt mein Gesicht zur Selbstverständlichkeit überpersönlicher Darstellung zurück. Bewunderung ist offensichtlich eine Art Schwäche, der jeder erlegen ist, auch wenn sie, wie in diesem Augenblick, aus synthetischem Applaus besteht. Im Grunde ist es also ziemlich ungerecht, den Zirkel der Ehrlichkeit zum psychologischen Verständnis seiner Seele machen zu wollen. Der Wunsch nach Verwirklichung ist die Erblast des Denkens, was bedeutet, dass der Mensch nie bescheiden genug ist, seine Fehler zu ertragen. Eine Eigenschaft, die jedem Zuschauer Vergnügen bereitet und Talkshows ihre Einschaltquoten bringt. Für das Publikum ist der Verlierer und der Dumme immer in Hochform.

»Sie haben die Welt von außen bereist«, beginnt der Moderator das Gespräch, »die Erde als Planet unter Planeten wahrgenommen. Gibt es möglicherweise etwas, was wir noch nicht wissen, das den Augen der Kameras verborgen blieb und über das es wert wäre zu reden?«

»Vielleicht dies«, zeige ich mich um eine Antwort beflissen, »dort, wo im Allgemeinen die Welt taub zu sein scheint, hörte ich Mozarts Musik. Töne, die Tautropfen ähneln, die ohne Gegenwehr sind und ganze Sinfonien über das Universum ausschütten. Im ersten Moment glaubte ich noch, alles sei nur Einbildung. Nachdem ich dann allerdings den bis dahin nie gehörten Text der Arien hätte mitsingen können, überkam mich das Gefühl, einer höheren Offenbarung beizuwohnen.«

»Der Geist sympathisiert offensichtlich mit Talenten und Begabungen, die der Welt schon bekannt waren, als der Mensch noch in der Knete stand«, sieht er sich in der Pflicht, meine Aussage zu werten. »Wenn es das ist, was Sie sagen wollten, könnte man davon ausgehen, dass die Geschichte nie über das Gestern hinaus kam, und alles nur eine Farce der Wiedergeburt ist, verstaubte Attribute, die der Vergangenheit angehören und nie realer waren als schon immer.«

»Sollte dem Universum unser Wissen bekannt sein«, stimme ich zu, »ist es völlig belanglos, wem dieses Gedächtnis aufsitzt. Was der Affe weiß, verschluckt das Krokodil, Mensch oder Mesonenwolke, wer möchte da behaupten, er hätte das passende Gewand, sich als Krönung der Schöpfung auszugeben.«

»Sie behaupten dies so selbstverständlich«, erwidert mein Gegenüber, »als hätten Sie eine derartige Begegnung gehabt oder mit Phänomenen Bekanntschaft geschlossen, die an der Wiege des Lebens rüttelten, bevor die Menschheit in Serie ging.«

»Das Bewusstsein«, versuche ich zu erklären, »ist ein universelles, morphisches Prinzip wie Licht, das überall Licht ist. Die Gestalt, in der wir unser Dasein fristen, ist für das Universum wenig wichtig, eher hinderlich. Wissen ist ein telepathischer Begriff, der alles einschließt, die Zukunft und die Vergangenheit und alles, was dazwischen liegt. In jedem Fall ist es mehr, als wir mit unserem Verstand zu erfassen vermögen.«

Nachdem nun dieses Gespräch in die Philosophie abzustürzen droht, schockiert mein Gesprächspartner mit der Feststellung, dass ja nicht jeder Astronaut zu seinem Heimatplaneten zurückgefunden hat und vielleicht sogar nie über die virtuelle Realität des Studios hinausgekommen ist oder gar für den Rest seines irdischen Lebens sich als Doppelgänger begnügen musste.

»Je desolater die Politik«, entgegne ich, »umso einträglicher das Geschäft mit Figuren, die sich zum Helden eignen. Was wissen wir schon über das Wesen des Menschen, es ist immer ein bisschen zwiespältig, die Kopie eines anderen Wesens.«

»So lässt es also auch die Vermutung zu«, weiß mein Partner zu deuten, »dass Juri Gagarin durch einen anderen Gagarin ersetzt werden konnte, und die vielen Denkmäler möglicherweise ein Plagiat seines Selbst darstellen, schlechtestenfalls eine verkohlte Leiche.«

»Wir alle werden zum Spiegelbild unserer Wünsche und Meinungen«, halte ich aufrecht, »und es ist keineswegs immer so eindeutig geklärt, ob wir nicht mit Illusionen unser Schlafzimmer teilen, mit mehr oder minder verborgenen Geheimnissen.«

»Womit wir dann auch bei der diffusen Ausleuchtung angelangt wären, inwieweit die Wahrheit nicht doch eine Institution für Bessergestellte ist. Ein Privileg, an dem die Dummen ihre Charakterfestigkeit proben und der Informierte seine Lügen spinnt.«

»Bekenntnisse sind Wolken, durch die man stürzt«, entgegne ich, »wenn man vor lauter Ahnungslosigkeit den Fallschirm gegen den Rucksack eingetauscht hat. Folglich ist jede Legende möglich. Der menschliche Unverstand«, wähle ich den Weg der Umschreibung, »ist allgegenwärtig, selbst auf den Verdacht hin, Klügeres verdient zu haben.«

»Trotzdem aber«, so der Moderator, »leben wir in der Ahnung der Dinge, folgt unser Bewusstsein einer universellen Bestimmung, was besagt, dass wir das, was wir Geschehen nennen, schon eine Weile mit uns herumschleppen. So weiß man seit Urzeiten, dass Ratten rechtzeitig das sinkende Schiff verlassen, dass die Natur über Informationen verfügt, die erst im Nachhinein ins Geschehen rücken. Ähnlich Ihrer musikalischen Eingebung, sich mit Sinfonien abplagen zu müssen, die weder dem Ohrenschmalz noch der persönlichen Intuition gewachsen sind.«

Kommt noch einmal auf den Ausgangspunkt unseres Dialoges zurück und betont, dass es Wirklichkeiten gibt, die man solange verborgen hält, bis sie uns gleichgültig sind und solche, welche die Welt verändern, ohne uns jemals erreicht zu haben. Vergleichbar mit Talkgästen, die immer weniger zu konkreten Aussagen zu bewegen sind und den Sinn ihrer Worte gegen die Hintergründigkeit ihrer Absichten eintauschen.

»Was sich mit konkreten Fakten darstellen lässt«, halte ich dagegen, »ist manchmal auch nur die Baseballmütze über unserem Verstand. In einer Zeit, in der koksnäsige Cartoons wichtiger sind als Kant und Shakespeare, wo Astronauten mit glühdrähtigen Mutantentoastern in Konkurrenz treten, wo fledermausohrige Hugos Leichen wie Erbsen zählen, wird es auch immer Leute geben, die Ufos sichten oder mit Kopffüßern ins Benehmen kommen, jene, die die Selbsttäuschung zu ihrer höchstpersönlichen Basisstation erhoben haben. Was immer ich Ihnen also anvertraue, es würde unser kulturelles Erbe keineswegs bereichern. Keine Begebenheit verleitet uns mehr zu Übertreibungen als die Geschichte unseres Ursprungs. Entweder haben wir mit unseren Göttervätern die Wüste Gobi aufgepflügt, Familienausflüge zu den Sternen unternommen oder gar den Samen irdischer Wirklichkeiten über das Weltall verstreut.«

Nachdem wir so noch eine Weile das Thema Menschwerdung in die Fußabdrücke der Affen verlegen und mit urzeitlichem Staub unsere Herkunft ausmalen, finden wir zu einer gemeinsameren Sprache zurück. Schließlich sogar resümieren wir, dass der Mensch weniger von kosmischen Wesen bedroht ist als von seiner eigenen Unwissenheit und der Tatsache, dem empirischen Schicksal nicht zweimal begegnen zu können. Wir sind das, was wir schon immer waren, geniale Debütanten, mit fantastischen Halbwahrheiten, mal oben mal unten, hier und dort, und wir sind es, die in der Gefahr schweben, sich mit der verkehrten Hälfte verschworen zu haben.

Überdies sind es dann die geistigen Fäden, die der Garnrolle zu entlaufen drohen, ist es das Gefühl, einer Wundertüte verpflichtet zu sein, dessen Inhalt wir bereits einige Male über Wert bestaunten. Mit dem Fazit, dass der Kaugummi an Frische vermissen lässt, was ihm an Bissigkeit abhanden gekommen ist. Ein Tatbestand, dem sich dann auch mein Gastgeber anschließt und der ihn zu dem Schlusswort ermuntert, dass man die Überraschungseier über die Schokolade genießen sollte, wollte man nicht enttäuscht sein, im Inneren etwas vorzufinden, an dem wir schon einige Male unsere Talente erprobten.

»Und dennoch«, blinzelt er in die Kamera, »wir haben durch David Fisher erfahren, dass das Universum unsere Sprache voraus hat, unsere Musik und unser Wissen, insofern sollte jeder eine Reise zu den Sternen buchen. Möglicherweise ist der Kosmos ja in der Tat für die Wolle verantwortlich, an der wir stricken und unseren Geist bisweilen so debütierlich einkleiden.«

»Grundsätze sollte man hochhalten, auch wenn man sich schwer tut, darunter wegzukommen«, gibt sich der Regisseur dieser Sendung hinter den Kulissen die Ehre, »wir haben den Kreis des Gesprächs schon mal offener gehalten«, meint dann aber, dass nicht jeder Tag dazu auserkoren sei, die Welt an die Anspruchslosen zu verkaufen. »Wer nichts fordert, dem ist auch alles andere gleichgültig.«

In der Garderobe angekommen ist es dann wieder die glühlichtige Wahrheit, die mich vor den Spiegel bringt, die Poren meines Gesichts weitet und den Schweiß in die Farbe der Unehrlichkeit bringt. Nicht zuletzt ist es der Augenblick, da ich den Geburtsort der eigenen Persönlichkeit durchwandere, von tausend unbenannten Ängsten verfolgt scheine, mein tatsächliches Aussehen verliere und mich selbst abermals in Frage stelle.

Dies alles jedoch ist unbedeutend gegen das, was mich aufschrecken lässt. Es sind Blicke, die mich durchbohren, sonderbare

Ahnungen, die mich für einen Moment in den Kreideblock meines Lebens stellen, als gerate ich in die Zugluft des Todes, gingen die letzten Sekunden meines Daseins in Flammen auf, und es ist, als stünde ich auf einer Falltür, die sich jeden Augenblick unter mir zu öffnen droht, als schwebte ich über der gähnenden Leere unendlichen Schweigens.

Nur nichts anmerken lassen, denke ich bei mir, jede unvorsichtige Bewegung könnte den Tod bedeuten. Aber da ist noch dieser Spiegel, der meine Anwesenheit bisher erfolgreich geleugnet hat. Und also rede ich mir ein, unsichtbar zu sein, tapeziere meine Körperlichkeit mit Albdruckmustern und versuche, die Gefahr zu ignorieren. Mein Herz reitet ein Nachtgewitter, und in meinem Kopf schnaubt die Ewigkeit mit einer wildgewordenen Büffelherde. Wie zur Ohnmacht erstarrt warte ich auf das Unausweichliche, einen Schuss, ein Messer, was weiß ich. Es scheint, als baue die Luft um mich einen Schrei auf, als hüte meine Zunge ein entschwundenes Alphabet. Tausend Steine, die der Verdammnis ein Ende bereiten wollen. Darüber hinaus haftet an mir der Gedanke, nichts zu übereilen, Zeit schinden. Wer schon will unüberlegt aus dem Dasein schreiten. Wie wichtig doch plötzlich die Freundschaft mit dem Augenblick wird, wenn man vom Sterben bedroht ist, der eigenen Stimme nicht mehr trauen kann und sich fragen muss, wer da redet, wer antwortet und mit endlosen Erinnerungen die Zukunft auszulöschen versucht.

Dann aber dies, eine Tür, die ins Schloss fällt, Gelächter, die Endgültigkeit des Geschehens wird von anderen unwichtigen Geräuschen eingeholt. Hände und Beine finden ihre Bewegung wieder, und alles, was ich eben noch an meine Seele ausgehändigt hatte, kehrt zu der Gewohnheit zurück, Zuversicht walten zu lassen. Offenbar gibt es Situationen, die ihren Ruf Unvorhersehbarkeiten zu verdanken haben, oder wie hier fremde Schritte und Stimmen sind, jener gute Geist, der mit Zufälligkeiten schreckt und Berechnungen zunichte macht.

KAPITEL 2

»Wie möchten Sie Ihr Frühstück vergiftet haben«, schreckt mich meine Haushälterin unsanft aus dem Schlaf, »mit mehr Speck oder mehr Schnittlauch im Eierschafskäseomelett. Noch dürfen Sie frei wählen, Gott weiß, wie lange noch.«

Zeigt sich bemüht, ihre Aufregung unter der Bluse zu halten und meint, dass mich wohl der Teufel ritt, als mir der Moderator die verkohlte Leiche Juri Gagarins ins Gewissen redete, und ich ihn in seinen Mutmaßungen bestärkte, er hätte den Orbit nie lebendig verlassen.

»Aber das waren nicht meine Worte«, halte ich dagegen.

»Vielleicht nicht Ihre Worte, aber es war Ihr Schweigen dazu«, gibt sie der Predigt ihren Segen. »Man setzt ein Papierschiffchen in den Rinnstein und schaut zu, vor welcher Tür es landet. Womit die Prophezeiung Einzug hält, Sie wüssten mehr als Sie bereit sind zuzugeben.«

»Und Sie sollten entschieden weniger fernsehen«, bemühe ich mich, meinen Kopf über die Bettdecke zu bekommen, »wer seine Meinung so maßgeblich zitiert, sollte entweder ins Ballett gehen, in die Oper oder ein gutes Buch lesen.«

»Sie übersehen die Problematik einer spitzen Zunge«, rüttelt sie an meinem Verstand, »entweder geht man das Risiko ein, sich selbst damit zu verletzen, oder verspielt die Zuneigung derer, die es gut mit Ihnen meinen.«

Verweist auf die Sensibilität der russischen Seele und schließt nicht aus, sich mit diesen Äußerungen die Diplomatie auf die Matte berufen zu haben, schlimmstenfalls die Herrschaften des Kremls. Klopft mit der flachen Hand auf die Bettdecke und mahnt, mich künftig stilleren Gewässern zuzuwenden. Wobei sie jene geflügelten Worte hinterherschickt, dass sie es als einen meiner größten Fehler ansehe, sich eines solchen nie bewusst geworden zu sein.

»Es ist leichter, der Wahrheit blind ins Auge zu schauen als in ihr Maß zu halten«, suche ich den Weg durch die Kissen und führe aus, dass man offensichtlich erst vernünftig wird, wenn man alle anderen Möglichkeiten ausgeschöpft hat.

»Oh Gott«, gibt sie sich abermals der Weihe des Himmels hin, »wer so redet, ist entweder verblendet oder lebensmüde«. Schlägt ein Kreuzzeichen über den mit Spitzen behangenen Altar ihrer Brüste und beteuert, dass ich in der Tat im Weltraum besser aufgehoben wäre, jedenfalls entdecke sie an mir nichts, womit ich meine Füße auf dem Boden halten könnte. »Und dabei dachte ich schon, meine Anwesenheit würde Ihnen möglicherweise die Erholung bescheren, zu der Sie alleine nie fähig wären.«

»Mit vielleicht«, hält Sie mir entgegen, »hat noch niemand einen Treffer gelandet«, da müsse ich schon nach glaubwürdigeren Zeugen Ausschau halten. Nicht sie und nicht ich seien gefragt, sondern die unscheinbaren Gefolgsleute, jenes stolze Heer von Schlusslichtern, die alle gerne einmal vornan stehen möchten und das Brachland ihrer Begabung mit der List bestellen, man könne andere genau um diesen Betrag betrügen. Aber das nur zu den Dingen, die meine Fantasie beflügeln sollten, bisher hätte ich mehr Glück als Talent gehabt. Und das sei zu wenig, um die Schritte darin zu bemessen, die notwendig wären, um den Weg der Erkenntnis damit bewältigen zu können.

Und nachdem noch die ein oder andere Grausigkeit den Besitzer wechselt, der häusliche Segen sich der Geburt des Frühstücks hingibt, sind es die kleineren Verunglimpfungen, die uns in Atem halten, hier mit dem Verschütten süßlichen Kaffees, dort mit der unglücklichen Handhabung jener Preiselbeermarmelade, die dem Eierschafskäseomelette als geschmackliche Krönung dienen soll.

»Es gibt Leute, die ihrer ureigensten Wahrheit misstrauen und solche, die nichts davon bemerken«, sieht sich meine Haushälterin verpflichtet, dem bröckelnden Gespräch seinen Anstrich zurückzugeben. »Da glaubt jemand, das Weltall hätte ihn dazu ausersehen, sich kulturell mit Mozarts Musik auseinander zu setzen. Wobei es ihm nicht nur gelingt, seine Melodien nachzusingen, er hört sie mit italienischem Text und übersetzt sie spontan ins Deutsche. Und nun das Unglaubliche, inzwischen müsste ihm aufgegangen sein, dass jene göttlich inspirierte Musik zurzeit höchst real von der oberen Etage nach unten dringt. Aber nichts passiert, keine Reaktion seinerseits, nicht ein Wort. Offensichtlich überrascht ihn doch seine Naivität, Geheimnisvolleres dahinter zu erblicken. Wirklich, Sie schauen nicht so aus, als käme Ihnen der Tag mit offenen Armen entgegen.«

»Ich bin überzeugt, Sie werden mir sogar das Orchester nennen«, gebe ich mich geschlagen, »möglicherweise war ich in der Tat eine Weile lang irritiert und glaubte, diese Töne seien kosmischer oder telepathischer Natur.«

»Nur weil sich ein Gerät von allein anstellt«, so meine Haushälterin, »müssen Sie nicht sofort ins Grübeln kommen.« Wenngleich sie nachvollziehen könne, dass es für mich ein Problem darstellt, die Intuition des Alls von hier auf jetzt gegen die blickleeren und visionsarmen Attribute des Alltags einzutauschen.

Und obschon mich ihre Besonnenheit beeindruckt und ich bereit wäre, ihren Worten Glauben zu schenken, sind es doch meine Beine, die dem unbequemen Standpunkt gewogen bleiben und mich dazu ermuntern, eine Inspizierung der oberen Räumlichkeiten vorzunehmen.

»Das sind die Dinge, aus denen die Zufälle gemacht sind«, ruft sie mir hinterher, »die ganz einfach passieren, da es ihnen an der Substanz des Erklärbaren fehlt. Entweder haben wir unseren Überblick gegen Bedienungsanleitungen eingewechselt oder vor lauter Programmierung übersehen, wie es funktioniert.« Sollte ich jedoch der Poesie verfallen sein, nach wie vor Geheimnisvolleres dahinter zu erblicken, wäre ich bestens beraten, den Verstand an den nüchternen Bereich des Stromkreises zu heften, und mit einem Griff an die Steckdose jener Ungewissheit ein Ende bereiten. Eine Aussage, die mich dann auch dazu animiert, diese Anregung unmittelbar in die Tat umzusetzen. Derweil ich nicht verhehlen möchte, dass damit wohl keineswegs das Finale dieser Fiktion gemeint sein kann.

Und so verlasse ich dann auch den Musikraum weniger beeindruckt als beunruhigt, wähle das Treppengeländer zur Flucht, poliere mit meinem Hintern, was das Gefühl hergibt, und beschließe, entsprechend meines seelischen Kolorits, dass es keine Wahrheit gibt, die nicht mindestens für ein paar Illusionen gut genug wäre, vielleicht sogar mit der kreativen Vorsehung, der Realität ein Stückchen näher gekommen zu sein.

Während ich so mit diesen und ähnlichen Gedanken die Spindel meiner leergeplünderten Eingebung erneut an den Tag verschicke, ist es das Frühstück, dem ich die letzte Ehre erweise, wobei meine häusliche Seele zwischenzeitlich dem Gedeck fremd gegangen ist und mehr schielend als sehend die Tageszeitung in Beschlag nimmt.

»Weiß der Teufel«, blättert sie sich durch die Seiten, »das Leben ist ein verdammter Artikel nach dem anderen. Und sie sind verflixt noch mal die Garanten dafür, wie das Papier funktioniert und der Autor darin zu Fall kommt. Schauen Sie nur«, bemisst sie ihre Worte, »je fetter die Schlagzeile, umso dünner der Inhalt.«

»Sie sollten das Blatt umdrehen«, halte ich Schritt, »Astronaut oder Roboter, ein Artikel über die feinen aber wesentlichen Unterschiede.«

»Ich kann es mir denken«, gibt sie sich wissend, »die Maschine fragt nicht nach den Dingen, die getan werden müssen, sie vollzieht das, was man von ihr erwartet und nicht, wozu sie bereit ist, es zu tun. Der Profit ist die Weihestätte allen Denkens, ein entseelter Altar, vor dem die Anspruchslosen in die Knie gehen und die Machtbesessenen ihre Triumphe feiern. Aber wie gesagt, das sollte nicht Ihr heutiges Problem sein.«

Schlägt die Zeitung in sich zusammen, kramt aus der Tasche ihres Kittels eine Flasche besten Rasierwassers hervor und beteuert, dieser Duft würde dem Frohlocken jeden Harems standhalten, warum nicht auch dem beschädigten Ansehen eines Astronauten, der auf dem besten Wege sei, sein Lächeln zu verlieren.

Dieser Morgen ölt sich in den Pfützen stehen gebliebenen Regens, mit Farbklecksen, die Häuserfronten sind, und Schatten, die schärfer schneiden als Rasierklingen. Es ist die Stunde, die den Tag auf den Kern seines Gehäuses hin abschält, der Moment, da die Welt zwischen die Gezeiten der Ampeln gerät und zanksüchtig zum Stillstand kommt. Gute Gründe, wie man sieht, um den Spaziergang mit den Glasscheiben eines Cafés zu dämpfen. Wobei ich hinzufügen möchte, dass mir derartige Gelüste bisweilen ausschließlich über die Langeweile in den Kopf kamen und eigentlich auch nur dann, wenn sich nichts Besseres finden ließ.

»Sie werden es nicht glauben«, sammelt eine junge Dame meine verstreuten Sinne ein, »es kann keine wahre Gerechtigkeit geben, wenn Menschen sich bedenkenlos der Plätze anderer bedienen, und dies, obgleich Schlimmeres angesagt ist denn die Arglosigkeit, einem weiblichen Geschlecht den Vortritt zu nehmen.«

»Nun da ich weiß, dass Sie diesem Bistro mit besonderen Prinzipien verbunden sind, will ich gerne bereit sein, Ihnen den vertrauten Ausblick zu überlassen.«

»Der Sessel gegenüber würde mir schon genügen«, frischt sie meine Höflichkeit auf, entschuldigt ihren Hang zu verbalen Turnübungen, verweist auf die diktatorische Erblast ihres werten Großvaters, der seine Eingebungen als Dirigent und Orchesterleiter genialisierte und sich der wundersamen Fähigkeit verpflichtet fühlte, den Takt des Lebens mit der Spitze eines Stückchen Holz zum Klingen zu bringen.

»Womit Sie verdeutlichen möchten«, generalisiere ich ihre Worte, »dass Sie musisch vorbelastet und jeglicher Bewunderung hin aufgeschlossen sind.« »Natürlich nur, wenn Sie nachvollziehen können, dass es Wundertüten gibt, die mehr versprechen, als sie zu halten vermögen.« Blättert sich durch die erstaunte Partitur meines Gesichts und versichert, dass sie enttäuscht gewesen wäre, hätte ich jetzt den nötigen Applaus dazu geliefert. Lacht sich hinein in die Tiefe ihres Ausschnitts, setzt ihre Brüste nadelspitz gegen die dünne Haut ihres Pullovers und empfiehlt, nach so viel gegenseitiger Zuneigung, sich miteinander bekannt zu machen, nicht zuletzt sie schon vor einer Weile in mir das schwerelose Portrait jenes Sternreisenden entdeckte, das der gestrigen TV-Talkshow seinen unwiederbringlichen Anstrich gab. Vor allem mit der gewagten Formulierung, dass so mancher Astronaut nicht über die virtuelle Realität eines Studios hinaus gekommen sei, und so manches Heldenepos nur den hohlen Sockel eines Denkmals rechtfertige. Indes die brisanteste aller Aussagen wohl jene war, dass sich Juri Gagarin mit einigen Doubles herumplagen musste, vielleicht sogar mit dem Schicksal, dass jemand anderes es war, dem in seiner Raumkapsel die Luft ausging.

Es ist schon einigermaßen erstaunlich, wie selbstverständlich meine Gesprächspartnerin mit Peinlichkeiten umgeht. Und derweil ich mir die Fettnäpfchen aussuche, durchforstet sie meine Sinne mit der kühlen Schönheit eines arktischen Magnetfeldes.

»Mon Dieu«, heiligt sie ihre nächste Frage, »aber wer sind Sie wirklich. Für einen Raumfahrer müsste das Leben auf der Erde eine Flagge ohne Gebietsansprüche sein, eine übervölkerte Erbse, die viel zu klein geworden ist, um die Firma Mensch darin wirtschaften zu lassen. Und wie es ausschaut ist es längst nicht das Finale, mit jeder neuen Entdeckung büßen wir unsere Freiheit ein. Mit jedem Wagnis zerstören wir mehr, als wir aufzubauen vermögen.«

Widmet sich der Tasse Schokolade, löffelt gegen den Auftrieb der Sahne an und bestimmt mit unschuldigem Lächeln, dass es doch eigentlich unerheblich sei, ob die Welt eine Kugel oder eine Scheibe wäre.

»Wir werden sie eh viereckig trimmen, ähnlich diesem Stückchen Würfelzucker, das mit dem Bedürfnis, sich aufzulösen, jeglicher Vorbestimmung widerspricht und das den Beweis dafür liefert, dass nichts geschieht, was sich nicht auch anders darstellen ließe.«

Prostet gegen die süßliche Welt ihrer in Demontage befindlichen Kakaotasse an und gibt sich der Betrachtung hin, dass der Mensch zwar nicht für alles zuständig, aber für alles verantwortlich zu sein scheint, ganz gleich, ob die Dinge ihm so oder auch anders ins Gewissen reden, oder auch gar nicht.

Während wir so noch für eine Weile die Idee dieser Welt mit tiefem Augenaufschlag und weitherzigem Lächeln an den Tag weiterreichen, sehe ich, wie meine Haushälterin entgegen ihrer sonst so sträflichen Zurückhaltung das Trottoir mit Federbusch und Minirock in Atem hält. Wobei ich mir beinahe sicher bin, dass sie das so nicht gemeint haben kann. Jedenfalls ist sie zuweilen das beste Beispiel dafür, dass Selbstdarstellung eine falsch verstandene Wahrnehmung ist.

»Es gibt zwei Arten der Unbekümmertheit«, zeigt sich meine Gesprächspartnerin bemüht, meine Aufmerksamkeit hinter der Frontscheibe des Cafés zu halten, »die eine, die mit langen Beinen und hohen Absätzen so ausschaut, als hätte sie sich in einen Barhocker verwandelt, die andere, die sich genauso kleidet, mehr aber dem Wasserbüffel ähnelt und zuweilen mit der Eleganz kokettiert, man könne bereits mit einer schöngeformten Nase klavierspielen. Was je also an Gutem oder Bösem über die Menschen gekommen ist, die Art sich zu kleiden ist die tiefste Erschütterung, die er erfahren musste. Sie sehen, es ist ein Leichtes, sich zu irren, ein paar Zentimeter an der falschen Stelle zu wenig sind ein Garant dafür, sich lächerlich zu machen.«

Beatmet ihre Figur mit der luftigen Frische weiblicher Sorglosigkeit, legt ein paar Geldstücke auf den Tisch und widmet sich der Prophetie, unverhoffte Begegnungen hätten einen gewissen Vorsprung gegenüber der allgemeinen Trägheit des Alltags.

»Wie sagt man doch, unverhofft kommt oft. Insofern ist die Chance, sich wieder zu sehen, ein ausgesprochen heißer Tipp.«

KAPITEL 3

Inzwischen habe ich den Gang der Dinge so weit wieder in meine eigenen Schuhe verlegt, dass ich zu spüren glaube, wie es sich darin laufen lässt. Offensichtlich kehren in mir mit einem Male die Räume zurück, die andere für mich bisweilen so eindrucksvoll besetzt hielten. Und wenn ich schildern müsste, wieso jetzt und nicht schon früher, müsste ich der Schnecke hinterhereilen, die ehemals ich selbst war, die alles tolerierte, wenn sie nur mit der bloßen Haut davon kam. Nun jedoch leuchtet die Spur das flüchtige Portrait stillgelegter Eigenschaften aus, mit einem Antlitz, das jedes Fenster mitnimmt, das auf der Suche seiner Vergangenheit zu ungeahnten Grimassen aufläuft, ausgespiegelt zwischen explodierenden Tomaten, geköpften Köpfen und portionierten Hühnerherzen, zwischen all den Sachen, die dem Gaumen genehm und dem vernichtenden Gebaren, möglichst frisch geschlachtet auf den Tisch zu kommen, billig sind.

Anpassung ist der höfliche Versuch, Unkenntnis durch Ignoranz zu ersetzen, wohlwissend, dass die Gesellschaft sich längst schon mehr herausnimmt, als sie sich leisten dürfte.

Derweil ich mit diesen und anderen Grübeleien die Gründe auswiege, warum sich alles so und nicht anders abspielt, erschreckt mich der Gedanke, ich könnte dem gestrigen Erlebnis heute die Krone aufsetzen, nicht zuletzt mit der potenziellen Gefahr, als wandelnde Zielscheibe zu dienen. Wenn die Seele dem Leichtsinn gehorcht, weiß der Verstand nicht, wo er hingehört. So betrachtet gibt es keine Realität, die wirklicher wäre als jene, die wir immer wieder leugnen. Würden wir etwas anderes erwarten, müsste uns das Leben noch einmal erfinden. Folglich verkörpern wir nicht nur, was wir sind, sondern auch das Gespenst, welches dahinter steht, jene Wahrheit, die wir mit Visionen zermürben, mit

Unkenntnis und der trostlosen Erfahrung, dass alles, was wir zu entdecken glauben, selten mehr ist als das, was uns abhanden kommt. Dies ist eine der wahrscheinlichsten Härten alltäglicher Vernichtung, man ignoriert das Unbehagen und stirbt an geistiger Armut, man geht den Problemen aus dem Weg und hofft, dass es den Dümmeren gibt, der sie findet. Insofern ist die größte Leiche, die wir anzubieten haben, offensichtlich doch der eigene unbelehrbare Charakter.

Diese Überlegungen sind es dann auch, an die sich der Tag anklammert, und mit der Erkenntnis spazieren geht, ich müsse mir schon etwas einfallen lassen, wollte ich nicht in dem Sack verschwinden, den ich mir eigenhändig übergezogen habe. So entwöhne ich also meinen Blick hinsichtlich jenes Outfits, das mich bisweilen so grobgestrickt kleidete, glätte samt Stoff die Laune, die darunter liegt und bestimme, dass es an der Zeit ist, meine Montur zu Gunsten einer näheren Fixierung meines Selbst einzutauschen. Und als wäre ich von der überwältigenden Eingebung geplagt, Besseres verdient zu haben, erstürme ich das nächste Kaufhaus, überspringe den Wassergraben meiner inneren Bescheidenheit und setze auf den Moment, da ich der abgetragenen Welt mit neuen Akzenten zur Seite treten kann. Während ich nun dem wahren Wert meines Erscheinungsbildes regenerativ entgegenschreite und dem Kundendienst in Zentimetern hinterlasse, was der Anzug hergeben möge, finde ich mich plötzlich gegenüber der Wanderausstellung Tut-ench-Amuns wieder. Hier als Modezar der Antike zwischen Kitsch und Tand und dem bleichen Laufsteg knöchriger Modelle, die bisweilen so ausschauen, als hätten sie seine Grabkammer persönlich ausgeraubt. Doch dies ist nicht das einzige entflohene Paradies, das meine Sinne beeindruckt, gleich daneben präsentiert sich eine Galerie nackter Schaufensterpuppen, jene nekrophilen Figuren, die ihre metaphysische Bestimmung dem Himmelsmaterial Plastik zu verdanken haben. Und als verfügten sie über das Urlicht aller Wahrheiten, sehe ich mich in der Pflicht, dieser keuschen Befreiung imaginär behilflich zu sein.

Aber noch ehe ich dazu komme zu begreifen, was dieser Vision tatsächlich zu Grunde liegt, passiert es, dass die Dame, die mich ankleidet, plötzlich zur Seite kippt und in mir den Gedanken aufschreckt, es müsse schon etwas Grausiges geschehen sein, würde man so einfach auf der Stelle in sich zusammenfallen. Zwar gelingt es mir, sie halbwegs aufzufangen, nicht aber mit der Maßgabe, sie wieder auf die Beine zu stellen. Für den Augenblick überrascht mich sogar das bittere Gefühl, hier würde mir jemand seine Seele aushändigen. Es ist, als greife ich ins Leere oder stünde in dem Benehmen, einem fortgeraubten Flügelschlag hinterherzulaufen. Dieser Moment ist es dann auch, der mich in die Ratlosigkeit einschmilzt, weder Kopf noch Verstand zu besitzen, als müsste ich erst noch erfassen, dass ich nicht selbst davon betroffen bin.

»Wie wäre es, wenn Sie sich um den Krankenwagen kümmerten«, verblüfft mich meine Bistrobekanntschaft, »als Lebensretter geben Sie sich so sympathisch untalentiert, dass Ihnen Gleiches widerfahren könnte.« Rät mir, die Rezeption in Anspruch zu nehmen und schlägt vor, den Schrecken mit einem Glas Wasser zu besänftigen. Und so eile ich dankbar gehorchend ihren Worten hinterher, wenn auch mit einer Menge Brettern vor dem Schädel und fehlenden unter den Füßen. Erstaunt bin ich allerdings, dass man hier bereits alle erforderlichen Vorkehrungen getroffen hat und ich nur noch meinen Namen nachtragen muss. Eine Situation, die mich zuweilen wie einen Schüler dastehen lässt, mit dem verlegenen Gefühl, irgendetwas Schreckliches angestellt zu haben. Jedoch ist dies nicht die einzige Beklommenheit, die mir treu bleibt. An die Unglücksstelle zurückgekehrt geht alles wieder seinen gewohnten Gang, die Kinder pfeifen der hölzernen Eisenbahn hinterher, der Bankangestellte wühlt sich gelangweilt durch die Fetische der Reizwäsche, und der eingefärbte Clown bespielt sein Ewigkeitsakkordeon, als wäre ihm nie etwas anderes zu Ohren gekommen.

»So ist es,« schüttelt meine Bekanntschaft ihren Kopf, »dieses Leben ist eine Tür, die hinter uns zuschlägt, wenn man ihr nichts Brauchbares mehr entgegenzusetzen hat. Der Mensch«, gibt sie sich gefasst, »hat den Geburtskanal des Lichts zum Schrei dieser Welt gemacht, insofern sollte man sich nicht wundern, wenn es irgendwann der Rücken des Schattens sein wird, der uns wieder davonträgt. Wie immer Sie das bewerten wollen, Zivilisation ist ein laues Lüftchen, das man auf dem Balkon ins Schaukeln bringt und im Bett verschläft.«

Überreicht mir eine Visitenkarte und meint, dass man sich ja gelegentlich noch einmal darüber unterhalten könnte, außerdem hätte der Zufall, sich so schnell wieder zu sehen, einen Anspruch darauf, ernst genommen zu werden.

»Nicht zuletzt es von nun an die Polizei sein wird, die Näheres über diesen Vorfall in Erfahrung bringen möchte. So, wie die Dinge stehen, ist damit zu rechnen, dass sie auf Ihre Aussage nicht verzichten kann.«

Mischt ihrem weißen Teint ein rosiges Lächeln bei und bemerkt, dass ich offensichtlich ein besonderes Talent zu außergewöhnlichen Situationen hätte. »Nicht nur, dass Sie behaupten, Mozarts Musik schwebe frei durchs Weltall, die Vorsehung will es, dass Ihnen jemand bedingungslos seine Seele aushändigt.«

Zupft mir ein paar Fäden von den Revers des Jacketts und resümiert, dass sie mich zwar vor diesen Flusen bewahren könnte, nicht aber vor den Flausen im Kopf. Verabschiedet sich mit einem verwegenen Augenaufschlag und erklärt, dass man der Zukunft nur dienen könnte, wenn man ihr redlich die Hand reiche.

Du weißt, höre ich mich in die Kalligraphie meines Gewissens hinein, deine Egoismen, das sind die Unbelehrbarkeiten, die dir über den Kopf wachsen, jener unsinnige Narzissmus, der dich singen lässt wie ein Kanarienvogel, umso lauter und schöner, je näher er die Gitterstäbe vor seinem Schnabel hat. Aber dies nur zu der gekrümmten Linie, auf der ich das Licht erwarte. Der Bürgersteig vor und hinter mir ist dieser Einsicht längst entwöhnt. Da begegne ich Gesichtern, die ihren Orientierungssinn in tausende Richtungen verlegt haben, die über den Verrat ihrer Worte verstummt sind, und nunmehr aufzuschminken beabsichtigen, was der Wind des Vergessens ihnen an Versteinerung einbrachte. Hat man erst einmal sein Antlitz verloren, gibt es keine Maske, die einen noch schrecken könnte. Dieser Augenblick ist es dann auch, der mich fragen lässt, inwieweit ich selbst davon betroffen bin, zumal das Universum seine eigenen Stimmen in mir einpflanzte und mit einer Sprache bei der Hand ist, die ich erst noch lernen muss. Dort oben ist die Sonne ein heißkaltes Herz, ein Tag, der hinter dem Augenlid aufwacht, um der körperlosen Berührbarkeit seinen Atem zu schenken, ist es die Zeit, die den Raum mit Getreidefeldern aussät, das Licht, das die Verwandtschaft der Götter genießt und mit goldenen Karossen zwischen den Sternen unterwegs ist.

Derweil ich so in die Verborgenheit meiner Seele einkehre und die ein oder andere Beute ihrem Spinnennetz entlocke, kommt mir der glorreiche Gedanke, meiner Dienststelle einen Besuch abzustatten, obschon ich nicht ausschließen möchte, dass die Probleme, die den Schleier meiner Blindheit ausmachen, möglicherweise genau hier beheimatet sind.

»Es gibt die Göttlichen und die Weltlichen«, begrüßt mich ein Kollege, »jene, die man wahrnimmt und nicht sieht, und solche, die man sieht, aber nicht wahrnimmt.« Rüttelt an meinem Ärmel und erklärt, dass ich diesen Test schon über mich ergehen lassen müsste, wollte ich ihm nicht als Geist erscheinen.

»Sie prüfen den Stoff, aus dem die Helden gemacht sind«, eilt Chefastronautin Vanessa Haywood herbei, »wer Mozarts Melodien nachsingt, ohne sie jemals gehört zu haben, hatte entweder die Begegnung der dritten Art oder er ist nicht von dieser Welt.«

»Vielleicht ist es aber auch nur die Art, auf sich aufmerksam zu machen«, fühlt sich Jack Morris angesprochen, »der Institution NASA wird es jedenfalls zu keinem vorteilhaften Image gereichen.«

»Sie sollten sich nicht so grämen«, halte ich fest, »intelligente Pferde wissen, dass sie nicht gleich springen müssen, wenn sie getreten werden. Zudem sammelt sich im Verstand derer, die nicht mitreden können, mehr Heu ein, als sich verfüttern lässt.«

»Sie haben in ihrer Vergangenheit geblättert«, mischt Vanessa Haywood das Thema auf, »vielleicht möchte Morris Sie nur vor dem Irrtum bewahren, Sie seien wichtig genug, um etwas bewirken zu können.«

»Manchmal«, so Morris, »sind Ratschläge ganz einfach nur Ratschläge, zumal Ihr Erscheinen mit der Intention belastet sein könnte, der oberen Etage für den Artikel ›Roboter seien die besseren Astronauten‹ ans Zeug zu flicken.«

»Nichts ist abenteuerlicher als das Abenteuer selbst«, besinnt sich Vanessa Haywood, »insbesondere für David Fisher, bedauerlicherweise sagt er nicht nur was er denkt, er geht davon aus, es gäbe eine Mehrheit für seine Intuitionen.«

Schlägt vor, diese Kriterien in die Lounge zu verlegen, zumal die Wände Ohren hätten, und die Zungen so löslich wären, wie der Kaffee, der nach allem und nichts schmeckt und darüber hinaus jedem Frust standhalten soll.

»Wir haben den Anstand dieser Welt kompostiert und also winden wir uns solange, bis wir uns als Wurm darin wieder finden. Diese Welt«, gibt sie sich nachdenklich, »fristet ihr Dasein mit einer Menge Nichts zwischen unendlich viel Sein.«

»Was ist schon erfrischender, als sich der Philosophie seiner Freunde anzuschließen«, mischt Colonel Marchand das Thema auf, »sie sagen selten, was sie meinen, meinen aber immer, was sie sagen. Sie verkörpern die Norm, in die sie hineinpassen, und sind stets dort anzutreffen, wo man sie nicht gerade vermutet.«

»Vielleicht liegt es in der Natur des Astronauten«, so Morris, »sich eine zweite Identität zuzulegen. David Fisher wusste in seinem letzten Fernsehinterview zu berichten, dass Juri Gagarin mehrfach existierte und seine geschichtliche Büste zum Plagiat seines Selbst avancierte. Da muss man sich doch fragen, wo die Hirngespinste anfangen und wo sie einmal enden werden. Nicht nur, dass er unserem Berufsstand damit Schaden zufügt, er stellt sein eigenes Tun und Denken damit in Frage.«

»Die Historie«, so Marchand, »ist ein Epos, das auf dem Olymp geboren und im Aberglauben abgestürzt ist. Folglich ist alles denkbar und alles gleich fraglich. Was unsere Vergangenheit anbetrifft, laufen wir alle in unterschiedlichen Schuhen, der eine mit verschlissenen Sohlen, der andere mit offenen Schnürsenkeln.«

»Und niemand bindet sie derart verknotet wie David Fisher«,

erinnert sich Morris. »Jemand, der so blindwütig ins Blaue redet, ist entweder verblendet oder er liebt das Anstößige.«

»Ganz im Gegensatz zu Ihnen«, übernimmt Vanessa, »Ihnen steht das Leiden aller ins Gesicht geschrieben, Sie wissen stets, womit man Sie verantwortlich machen könnte und nutzen jede Gelegenheit, sich darin auszuweinen.«

»Um es humoristischer zu vermerken«, amüsiert sich Marchand, »dem einen wachsen die Grünflächen in der Zigarette und dem anderen im Qualm seiner Fantasie. Vielleicht sollten wir uns darauf einigen, dass es für den Astronauten nichts Realistischeres gibt als Utopien«.

Während wir so noch eine Weile damit beschäftigt sind, den einen oder anderen Ball zu verschlagen, die Wüste groß genug ist, um sie nach Kamelen abzusuchen, ist es Vanessa, die dem Annäherungsgespenst festgefahrener Meinungen ein paar Zähne zu ziehen vermag. Jedenfalls gelingt es ihr, die Herrschaften darauf hinzuweisen, dass der Roboter in der Weltraumfahrt umso schneller Einzug halten wird, je unvorteilhafter wir uns selbst zeigen. Letztendlich wird man die Entscheidungen darin treffen wollen, wer wem und worin überlegen ist. Der Computer fragt nicht, zumindest noch nicht, er recherchiert und reagiert, wir denken und handeln, und das, wie man sieht, muss nicht unbedingt von Vorteil sein. Der Kosmos ist nun mal keine Jahreszeit, in der man sein Outfit höchst beliebig verändern kann.

»Mit anderen Worten«, läutet Colonel Marchand das Ende des Gesprächs ein, »wir müssten das Instrument der Kosmonautik schon ein wenig sensibler stimmen, wollten wir nicht die Narren abgeben, die zwar alles versucht, aber nichts erreicht haben.«

»Wenn wir dann überhaupt noch in der Oper des Begreifens mitspielen«, schließe ich mich seinen Gedanken an. »Der Mensch, der sich zu spät bekennt, wird nie genau herausfinden, woran er gescheitert ist. Insofern ist bereits alles denkbar, wenn nicht gar ein mausetoter Klassiker.«

KAPITEL 4

Da war ich nun mit einem Male mein besseres Selbst, herausgekrochen aus der dünnen Tinte des Versagens, vielleicht war es auch Blut, vielleicht sogar beides. Wo immer ich hinblättere, es ist, als wäre ich samt der Schrift herausgefallen. Dieses Stück Papier, das meine Gedanken schreibt, ist in die Pappel ihres Ursprungs zurückgekehrt, hält Zwiesprache mit der Leere unbeschriebener Seiten und der angeschwärzten Welt kreischender Krähen. Plötzlich ist niemand mehr da, dem ich mein Mitleid anhängen könnte, nicht einmal ich selbst. Zuweilen ähnelt mein Kopf einem Wirsing, der sich kräuselt, ohne sich zu öffnen. Ganz gleich welcher Perspektiven ich mich bediene, mein Aussehen hat bessere Tage erlebt.

Nun mag es sein, dass sich mein Verstand zwischenzeitlich der Kurzlebigkeit von Seifenblasen verschworen hat und meine Überlegungen sich dem Verließ aus Licht und Luft besonders gewogen fühlen. Was nicht greifbar ist, kommt mit der Eigenschaft von Gespenstern, mit Selbstzweifeln und einer Menge Nichts, mit der Ungewissheit von Schatten, die alles nachdunkeln, was ich an den Tag gezogen habe. Und es ist nicht die einzige Wertlosigkeit, die ich nach Hause bringe. Wollte ich zurzeit eine Konstante beschreiben, ist es wohl jene, die immer ein bisschen daneben liegt, die mich so dastehen lässt, als hätte sich zwischen mir und meinem Selbst ein Korridor aufgetan. Bisweilen mit dem Verdacht, gleich mehrfach daraus hervorzugehen, und der augenblicklichen Realität, dass das Trottoir, das meine Schritte verdoppelt, der Tunnel ist, der diese Welt an den Ursprung ihrer Bestimmung bringen soll. Aber das auch nur bis zu diesem Moment, da ich dem wahren Chaos begegne. Zuhause angekommen schrecken Bilder mit zerschnittenen Gesichtern, verbluten Teppiche mit geköpften

Skulpturen und der abscheulichen Wahrheit eines mutwillig hinterlassenen Schlachtfeldes. Nun müsste ich ja eigentlich dazugelernt haben, dass Eigensinn aller Untergang Anfang ist, zumal die Posaunen Jerichos derart penetrant meinem Schicksal entgegenblasen, dass ich sie meilenweit im Voraus hätte erahnen müssen. Demzufolge bin ich dann auch die Salzsäule, die dieser Verwüstung fassungslos gegenüber steht, hier und jetzt, sogar mit dem Gefühl, eigenhändig nachgeholfen zu haben, gleichsam der fatalen List, sich an den Strick zu binden, mit dem andere die Glocken läuten. Und es ist nicht der einzige unfreiwillige Abguss, in dem ich mich eingeschmolzen wieder finde. Mit einem Male bekommen die Räume das gespenstische Aussehen einer Raubkatze, als wollten sie mich anspringen und den alten Erinnerungswert einklagen.

»Ich wusste nicht, dass Sie zu Tobsuchtsanfällen neigen«, bemüht sich meine Haushälterin ihr plötzliches Erscheinen zwischen die Trümmer zu bringen. »offenbar ist es ein großes Wagnis, Sie auch nur einen halben Tag unbeaufsichtigt zu lassen.«

Stellt ihre Einkaufstaschen neben sich, wirft ihren Umhang über eine guillotinierte Marmorstatue und verflucht die Geister, die mich mit Mozarts Musik um mein normales Leben brachten.

»Sehen Sie«, therapiert sie ihren Schrecken, »Kleinholz ist der erste Schritt zur Brandstiftung. Inzwischen darf man also gespannt sein, wie der nächste Anschlag aussehen wird. Aber wie gesagt, wem Gottähnliches widerfährt hat nicht nur Probleme mit sich selbst, letztlich sogar mit dem Teufel, der ihm zu dieser widersinnigen Annahme verholfen hat.«

»Wie wenig christlich doch jene sind«, halte ich ihr entgegen, »die dem Spott dienen und dem Attribut des Schadens ihre volle Aufmerksamkeit schenken. Das Gewissen funktioniert offenbar nur bei anderen. Deutlicher vermessen, Sie würden es leugnen, wollte ich Ihnen auf Grund Ihrer langjährigen Mitarbeit beim CIA düstere Verbindungen mit anderen Geheimdiensten in Rechnung stellen.«

»Oh Gott«, verwehrt sie sich, »ebenso gut könnte ich eine Kanonenkugel reiten.« Ihre Biografie hätte zwar eine Menge mit einer Sumpfschnepfe gemein, nicht aber mit der totalen Hingabe, sich durch unnötiges Gekreische vor die Flinte zu begeben. Insofern dürfte ich schon davon ausgehen, dass die morgendliche Marmelade, die sie mir kredenzen würde, nicht mit Spinnenbeinen angerichtet wäre.

»Das will ich Ihnen schon abnehmen«, erwidere ich, »aber wir wissen auch, dass der Schwanz den Drachen in der Luft hält, und insofern sich niemand gänzlich von seiner Vergangenheit freisprechen kann.«

»Sie interpretieren zu viel und sehen zu wenig«, verteidigt sie ihre Position. »Gestern, das ist nicht die Ewigkeit und noch viel weniger das Bedürfnis, mit dem Rest der Zukunft den Kindergarten neu aufleben zu lassen.«

Krempelt sich den Unmut auf die Polster ihrer fleischigen Arme und versichert, diesen Windeln bereits seit einer Weile entwachsen zu sein, selbst auf den Verdacht hin, dass der eine oder andere pubertäre Pickel in die Gefallsucht seiner Narben übergewechselt sei. Sollte ich mich also weiterhin betroffen zeigen, müsste sie sich schon fragen, ob ich nicht selbst ein Begehren darin entwickelt hätte, die Vergangenheit mit Lügen zu strafen. Kramt sich durch den Bestand meiner Garderobe, verfrachtet sie sanft streichelnd in einen Koffer, schnäuzt ein paar Tränen ins Taschentuch und meint, dass dies ein guter Tag sei, einen Neuanfang zu bestreiten. So betrachtet müsste ich es ihr schon abnehmen, dass sie für alles sorgen würde, nicht zuletzt ich diesem Durcheinander eh nicht gewachsen wäre. Gibt ihrem mehligen Teint die Brise eines Lächelns und verwettet ihre Schönheit, würde sich die Welt nicht wieder an den Fäden des Lichtes aufrichten lassen.

Es war nur der Wind, der hinter mir herlief, vielleicht ein paar Blätter. Hier draußen in Atlon dreht sich die Welt um eine schmale Spindelrolle. Eigentlich dürfte nichts passieren, was man nicht auch erahnen könnte. Man spürt die Hände, die dieser Landschaft ihren Anstrich gaben, sie mit Trost und Schönheit ausmalten.

Dennoch hat die Luft etwas inquisitorisches, etwas, das mit der besessenen Süße eines Spätsommertages ins Gespräch kommt, mit aufgeplatzten Orangen und offenen kraftlosen Blüten. Mit einem Schwarm aufgeregter Vögel, die jeden Moment zu Vokabeln zu erstarren drohen, als wollten sie mich zu einem neuen Gewissen überreden. Und es ist nicht das einzige, was sich über meinen Kopf hermacht. Ich empfinde die Vergänglichkeit, die dieses Land lebendig werden lässt, die es segnet für den Tod wie die Schöpfung. Es ist die Andacht der Natur, diesen Ort mit einem Kloster zu versehen. Das Portal dazu imposant und gottesfürchtig, als gäbe es die Welt davor und dahinter. Inmitten jener Gemäuer dann der Patio mit seinen blank polierten Steinbänken, jener christlich kühle Brunnen, dessen Wasser taufrisch über den Rand des Beckens hinwegplätschert. Geschwätzige Spatzen, die ihren Gemeinschaftssinn darin entwickeln, die Schrift der Ameisen leibhaftig zu verspeisen.

Was immer ich dieser literarischen Abgeschiedenheit entnehme, es ist mehr als der bloße Gedanke an ein paar flüchtig verstreute Silben. Zuweilen ist es die Unsicherheit meiner inneren Stimme, die sich fragt, wer da redet. Das Gewissen, das knospenspitz unter die Haut geht, mich gleich einer Lilie schräg in den Stand stellt. Geschwüre einer Sprache, die ausgeschwiegen wurde, die nun mehr ihren Tribut fordert, die mit der Glut der Sonne kommt und weißrote Bleche an meinen Körper nagelt. Dies ist die Schmiede falsch verstandenen Ehrgeizes, die das Leben in die alten Formen zurückzugießen versucht.

Irgendwo hier, über den Zoll jeglichen Verständnisses gekommen, suche ich offensichtlich wieder den Dolmetscher in mir, vielleicht gibt es ja dieses Bewusstsein, das alles verzeiht und sich wieder jener Worte besinnt, die ich so leichtfertig in den Sand geworfen habe. Derweil ich diese Überlegungen an den Rand realer Erwartung stelle, bemerke ich, dass die Zeit hoch über dem Mittag steht. Ringsum ist es unwirklich still, ein paar Libellen üben sich im Silberflug, dazu einige steingemeißelte Statuen, als hätten sie den Überblick zur Langeweile erhoben. So stehen sie da, als hätte die Welt sie ausgeladen, als wären sie um ihre eigene Leidensgeschichte betrogen worden. Aber das Wasser läuft unter der Erde weiter, hier zu Gunsten einer Kletterrose, wenn auch der Granit die Stacheln verschmäht, so genießt er den wundersamen Duft ihrer Blüten.

Inzwischen versuche ich meinen Kopf vor einem Myriadenchor von Mücken in Sicherheit zu bringen, suche Schutz unter der wilden Bepflanzung Schatten spendender Arkaden, sehe mich an Händen und Füßen gefesselt, mal durch die Lianenwelt wilder Weinreben, mal durch die eigenen Gedanken, nicht zuletzt durch die Geschichte klösterlichen Lebens und einen Orden, dem ich einstmals selbst beitreten wollte. Bisweilen sogar ist es schwierig zu bestimmen, was oder wen ich hier anzutreffen hoffe. Wenngleich mich alles an früher erinnert ist nichts mehr so, wie es einmal war. Vielleicht hat das Farn seine immergrüne Wirklichkeit gewahrt, die Luft ihre unbegreiflich reife Wahrheit, ansonsten lebt die Zeit hier in der Vergangenheit und mit dem Rost ausgedienter Saatmaschinen und Mähdrescher.

Umso überraschter bin ich, dass es mir gelingt, diesem vergessenen Inventar eine Stimme zuzuordnen. Gleichwohl ich meine Feindschaft Geistern gegenüber verloren habe, traue ich meinen Ohren erst, nachdem ich sehe, was ich höre. Erstaunlicherweise materialisiert sich dann auch eine Mönchskutte, besser beschrieben, ein zeltähnliches Gewand, über dessen Äquator ein blendend weißer Gürtel verläuft, der mittelbäuchlings voneinander trennt, was im Allgemeinen Weltliches und Geistliches miteinander verbinden sollte. Und es ist nicht das einzige Ritual, das diese Gestalt als Jünger Christi auszeichnet, so zitiert dieses wandelnde Mittelschiff unter Zuhilfenahme der Bibel den Streit Michaels und seine Engel wider den Drachen. Womit Kapitel 12 der Offenbarung des Johannes gemeint ist, ›da die alte Schlange, die da heißt Teufel, durch die Stimme Gottes ins Diesseits befördert wurde.‹ Befehligt seinen Ärger in die Faust, streckt sich mit seiner gänzlichen Fülle gegen Himmel und verklagt, › was Satan den Menschen an Unheil beschieden hat.‹

»Trotzdem werden sie ihn überwinden«, stehe ich seiner Rede bei, »und danket der Macht Christus und des Lammes Blut. Drum freut euch ihr Himmel und alle die darinnen wohnet, danket der Engel Schar und dem einzigen dreifaltigen Einen Gott.«

Worte, die seine Aufmerksamkeit offensichtlich erreichen und zu der Feststellung ermuntern, dass der Schöpfer den Lästermäulern Gott sei Dank ein schlechtes Gedächtnis mit auf den Weg gab. Gibt seinen breiten Lippen ein nachdenkliches aber doch friedliches Lächeln und bemerkt, dass Enttäuschung die Quelle vieler Irrtümer sei und so mancher aus Trotz verlernte, was ihm einstmals flüssig über die Zunge kam.

»Und es ist die Eile«, erwidere ich, »die den Menschen zu ungezügelten Äußerungen veranlassen, die Klippe vieler unnötiger Ausrutscher.«

»Auch das ist richtig«, nimmt er blinzelnd meine Richtung auf, schlägt die Bibel segnend in sich zusammen, trampelt durch das Mohnbeet, das zwischen ihm und mir zum Hindernis wird, verflucht den Wildwuchs des Innenhofes und sein Schicksal, dies alles allein bewältigen zu müssen, rafft sein Beinkleid bis zu den Knien und erklärt, dass es wohl der Narr in ihm sei, der mich so schnell erkannte. Zieht mich mit kräftigen Armen an seine Brust, bekreuzigt sich hinter meinem Rücken und bemerkt beinahe wehmütig, auf meinen Rippen immer noch Xylophon spielen zu können. Streichelt sich über seinen Bauch, huldigt die gute Luft und den exzellenten Wein dieser Gegend, sein wachsendes Wohlsein und die Seligsprechung vorzüglichen Käses.

»Alles hat seinen Preis«, bemühe ich mich, seine Gedanken unterzubringen, »man genießt, womit man hinlänglich zahlt.« »Das Skelett tanzt bei Nacht und das Fleisch den ganzen Tag«, weiß er gottesfürchtig zu berichten und fügt hinzu, dass man selten die Haut trägt, in der man gesehen werden will, selten zufrieden ist mit den Dingen, die man immer schon so und nie anders wollte.

»So ist es nun mal«, halte ich fest, »das Leben beeilt sich, den Wünschen nachzukommen, und also wiegt man in Pfunden auf, was man sich im Laufe der Zeit angefressen hat.«

»Wer sechs Tage in der Woche Schleimer ist«, kratzt er sich nachdenklich seinen Bart, »wird es auch am siebten Tage sein.« Schlägt sich ein paar Fliegen aus dem Gesicht und erklärt, dass es Gewohnheiten gibt, die so aufdringlich sind wie Parasiten, die schlichtweg ignorieren, was wir zu verändern trachten.

»Man sieht einmal mehr«, erwidere ich, »dass der menschliche Körper dem zarten Tauwerk seiner Knochen wenig entgegenzusetzen hat. Derweil noch die andere Frage zu klären wäre, inwieweit es überhaupt dem Menschen gelingen würde, die Zweifel an Gott verstummen zu lassen, wahrscheinlich nicht einmal, wenn man sich als vollkommen bezeichnen würde. Solange wir unser Dasein mit Überraschungen in Atem zu halten gedenken, solange werden wir uns misstrauisch zeigen, werden Deiche bauen und nicht nur gegen die Flut, gegen den eigenen Leichtsinn und das Gewissen. Andere Überlegungen stünden sehr bald unter Wasser.«

»Vielleicht entwerfen wir diese Bilder auch nur in der trockenen Luft unserer Hirnwaben«, stellt er zur Diskussion, »jener dümmlichen Sprache, mit der wir alles daherreden und nichts aussagen.«

Zieht mich in die Sakristei der kleinen Kapelle und schlägt vor, die Philosophie auf den Abend zu verlegen. Stößt mit kräftiger Faust die Fensterläden nach außen, bringt zum Ausdruck, dass der Schauer wohl nicht mehr lange auf sich warten ließe und es nichts Versöhnlicheres gäbe, als etwas Regen für die Natur und den Menschen, gegen Verschleiß, Überhitzung und Demütigungen. Wendet sich der Tastatur des Harmoniums zu, beklagt seine fleischigen Finger und bemerkt, dass sie für alles und nichts zuständig seien, jedenfalls zu dick wären, damit zu musizieren.

»So ist es also mit der göttlichen Wahrnehmung«, schließe ich auf, »während die einen begnadete Partituren erklimmen, muss sich der andere mit Holzhacken begnügen. Wen wundert es da, dass man zum Emigranten seines Ichs wird, seine Begabungen auf den Rücken verschränkt und mit leeren Händen versteckt spielt. Wir transportieren in der Regel zwei verschiedene Möglichkeiten, den Katapult und den Stein, womit das Prinzip der Auseinandersetzung also stets gewahrt bleibt. Wir verschleudern, was wir hinlänglich als Mutlosigkeit bezeichnen, wenn man so will, den eigenen Charakter. Ich erinnere mich an unsere Kindheit, du warst ein langhaariger, hölzerner Bauerntrottel, der dazu verdammt war, die Bibel seines Vaters zu tragen, im Herzen und zur Kirche, der angehalten war, das Kaminfeuer solange mit der Puste zu bearbeiten, bis er in Ohnmacht fiel. Wie du siehst war das Klavier nie etwas anderes, als eine Ausrede für die eigenen, unwirklichen Stimmungen. Und nun frisst du dir die Knöchel weich, polsterst dein Gewissen, und wenn es dich überkommt, traktierst du die Pianotasten. Was willst du mehr, jedenfalls hast du zu deinem Rückgrat gefunden und kannst aufrecht in die Welt blicken.«

»Da du meine Vergangenheit so gut kennst«, will Sibelius wissen, »wie steht es mit deiner eigenen, laufen die Bilder parallel mit der Erinnerung, spulen sie dich so ab, wie du dich siehst, oder bist du zum Judas deiner eigenen Vernunft geworden und hast dein Herz mit weisen, dir genehmen Sprüchen aufgespießt. Wenn ich mich recht erinnere«, zieht er sich den Gürtel enger, »bist du ziemlich früh aus dem häuslichen Nest gefallen, vielleicht hat die Plazenta dich auch nie gänzlich preisgegeben. Daheim fühle ich mich verloren, waren das nicht deine Worte, wähntest du nicht deinen Namen als hohlen Baumstamm, aus dem du erst noch herauskriechen musstest.«

»Der Mensch ist wandelbarer als ein Chamäleon«, versuche ich ihn einzuholen, »vielleicht hüte ich diese Vorgänge auch mit der sanften Auffälligkeit einer Impfnarbe, mit dauerhafter Immunität, ohne ernsthaft gefährdet zu sein.«

»Nun haben wir den Regen«, beeilt sich Pater Sibelius das Thema hinter seine wetterfühlige Intuition zu stellen, nimmt mich bei der Hand und meint, dass die Welt im Augenblick da draußen stattfände, führt mich vor die Tür und schwärmt von den Tönen, die sich mit jedem Tropfen entzündeten, vergleicht das Blattwerk der Eukalyptusbäume mit einer riesigen, musikalischen Membrane, einem Orchester, das sich dem Labyrinth seiner welken Ohren verschworen hat und sie mit stolzen Sinfonien zum Klingen bringt. Und es scheint, dass Gott die Partituren höchstpersönlich dazu umblättert und dass der Atem der Luft zu vibrieren beginnt, als wolle er seine Stimme sichtbar machen.

»Nun sind wir also doch das auserwählte Geschlecht, das uns von der Tarnfarbe des Alltags befreit«, versuche ich seine Stimmung einzufangen, »das heilige Volk, das von unglaublichen Wohltaten zu berichten weiß und dazu berufen ist, der Finsternis zu einem wunderbaren Licht zu verhelfen.«

»Wenn wir es sind«, so Sibelius, »dann nicht, weil wir mit Engelszungen reden, sondern weil wir es mit unserer Liebe ins Leben rufen. Wer sein Herz erforscht, der weiß, was des Geistes Sinnen ist.«

»Dies alles mag so manchem zugedacht sein«, suche ich den Gehalt seiner Worte auf, »mein Weg hat sehr wenig von der Präzision der Vorsehung, eher schon von der labilen Konsistenz frei verfügbarer Richtungslosigkeit. Ich, das ist ein meuterndes Herz, zwei linke Hände, die Leere der Zeit, die mit dem Anker der Gegenwart tanzt, monoton bis eigensinnig und eminent langweilig.«

»Na schön«, erwidert Sibelius, »dann sind es schon zwei, die Schwierigkeiten damit haben, zugeben zu müssen, erwachsen zu sein. Die Gewohnheit ist die Ackerkrume, in die wir immer wieder hineinpflügen. Und wir sind der Schatten dessen, was sich nicht gerne verscheuchen lässt, wir tappen hinter uns her wie ein getreuer Esel.«

»Aber was ist«, werfe ich ein, »wenn der Schatten aus der Körperlichkeit eines fremden, dir nicht bekannten Wesens erstellt ist, und du dich an Leib und Leben bedroht fühlst.«

»Das wäre wohl die andere Geschichte, von der du zu berichten weißt«, entgegnet er, stemmt seine Fäuste in die Hüften und rät mir, mich moralisch in eine seiner Kutten zu begeben. Ein bisschen mehr Andacht, eine etwas demütigere Haltung, und ich wäre bestimmt nicht wieder zu erkennen. Im Übrigen könne ich mich auf seine kräftigen Arme verlassen. Erinnert mich an die Gang von damals und die Ehrfurcht, die man seinen Fäusten entgegenbrachte.

»Ich weiß«, zeige ich mich befriedigt, »äußerlich warst du die Glocke des Petersdoms, ein grob abgestimmter Klangkörper, und innerlich sein zentnerschwerer Klöppel.«

»Wir haben uns eine Menge zu erzählen«, lacht er sich in die Breite seiner Sultane hinein, »gegen mich warst du schon immer das Leiden Christi, oder besser Don Quichote, der auf die Fantasie seiner Windmühlen hin abmagerte.«

Segnet die Natur und verfügt im Namen der Dreifaltigkeit, dass sie wachsen und gedeihen möge, bebildert den Jahrgang der Weinflaschen, die im Keller auf uns warten würden, und meint, dass ich mich wie Zuhause fühlen könne, er müsse mich nun für einen Augenblick allein lassen. Zu seiner Pflicht gehöre es, die klösterlichen Türen zu sichern, Gott ins Gebet zu schließen und gnädig Fürbitte zu leisten für unsere lüsternen Zungen. Gibt seinem Körper einen kräftigen Ruck, ähnlich der Bugwellen eines losstürmenden Flaggschiffes und versichert, schon bald wieder an Bord zu sein. Während ich diese sonnige Entrücktheit zum Fernglas meiner Selbstreflexion mache, bemerke ich, wie eine kühle Brise den Innenhof durchstreift und den Backtisch des Nachmittags mit dem Duft wundersamster Kräuter verzaubert. Es gibt nichts, womit ich mich überreden müsste, diesen Ort zu meiner Gewohnheit zu machen. Auch wenn ich ihn einstmals verließ, so geschah dies wohl in erster Linie auf Grund des Tonausfalls, wenn es um allzu menschliche Dinge ging. Aber dazwischen liegen Jahre und riesige Entfernungen, vieles kam anders, das meiste aber lag in den Sternen. Derweil ich diese Nachdenklichkeiten durch die wild bewachsenen Wandelgänge führe, überrascht mich auch schon wieder Pater Sibelius, der offensichtlich eine schnelle Übersetzung seiner heiligen Worte gefunden hat.

»Du schaust in dich hinein, als hättest du die Grabkammern der Etruskerfürsten soeben neu entdeckt, zeigst dich enttäuscht über ihren morschen Lebensvorrat und die zerbrochenen Knochen, die wie zur Weissagung in den Sand geworfen daliegen.«

»Offensichtlich haben wir die Angewohnheit, immer etwas über unseren Kopf hinaus zu denken«, bleibe ich seiner lyrischen

Charakteristik treu. »Wir lieben unsere unterirdischen Träume und berauben unsere eifrige Wirklichkeit mit den Schaufeln griesgrämiger Torfstecher. Steigen ins Dunkle unseres Schädels, um uns seines Schmucks zu vergewissern, kollabieren mit Gedanken, die dem Blendwerk von Goldstickarbeiten zugetan sind, die der rosigen Wolkenwelt simpler Hirntätigkeit geheimnisvolle Rätsel zu entlocken vermögen.«

»Wie wäre es«, so Sibelius, »wenn wir unsere analphabetische Wortwelt ins Kellergewölbe verlegten und den Geist des Weins zur Rate zögen. Gestützt von Mauerwerk und Fels lässt sich leichter reden. Erst wenn Vergangenes und Zukünftiges zusammenwächst kommen wir zu dem, was wir im Grunde meinen. Wir, das ist die unsichtbare Realität, die hinter uns steht, die sich aus unserer persönlichen Natur herausgelebt hat und zur Flucht vor uns selbst wird, vor Gott und der Welt, Tod und Teufel.«

Nachdem wir so die Wellenlinien in unseren Weingläsern zur ernsten Kopfarbeit gemacht haben, gibt es kein Nadelöhr, durch welches wir nicht hinausgleiten. Wir reisen durch die blanken Drähte unserer Sprache, nichts, was wir der Welt vorenthalten wollen, alles wird besser dadurch, dass es wahr ist. Und so bleibt im Glauben klein, was sich in Worten erhöht, drückt die Decke von oben, derweil sich der Boden unter uns zu öffnen droht. Aber der Wackere hält dem Tapferen die Treue, und dies scheint sich von Glas zu Glas zu bestätigen, womit wir nun endgültig in den Brutplätzen unserer Fantasie stehen und Kolonien kleiner Zaunkönige ausbrüten.

KAPITEL 5

Der kommende Morgen ist ein Mund des Schweigens, vielleicht noch das Vakuum vieler unnötiger Fragen. Sehr wahrscheinlich haben wir unvergleichlich mehr daher geredet, als wir uns Gescheites zu sagen hatten, sind wurzeltief in das Alphabet unserer Sprache abgerutscht und ohne es zu ahnen mit der eigenen Leiche aufgewacht.

Derweil nun Sibelius die Kapelle flüsternden Tones ins Gebet nimmt und seine Ohren hinter tellergroßen Händen versteckt, ziehe ich es vor, die Geistologie auf die Körperteile zu beschränken, die es noch zu wecken gilt. Wobei mir der Gedanke kommt, die gottesfürchtige Andacht fürs Erste vor die klösterlichen Mauern zu verlegen und den angehenden Tag mit einem Spaziergang in den Anzug zu bringen.

So bestäube ich mein Haupt mit der Kühle geweihten Wassers, stelle mich der schmalen Schrift der frühen Sonne und erbitte im Namen der Propheten, der Globus möge sich der Kalligraphie meines Schattens annehmen und in den Kreislauf seines Selbst zurückkehren. Wo immer die Historie um Erklärungen bemüht war, gestern hatte sie das Gedächtnis voraus, wo ihr heute die Erinnerungen fehlen. Dabei sind es keineswegs die Kopfschmerzen, die diesem Phänomen ihre Sporen geben, es sind die Stimmen gelegentlicher Menschwerdung, die zu dem überpersönlichen Urteil führen, Gott hätte uns nie so, aber auch nie anders gewollt.

Während ich so dem Echo gestrigen Gelages auf der Spur bin und so mancher flüchtig gestreifte Gedanke immer noch dem Bedürfnis hinterhereilt, sich in Worte zu kleiden, gelingt es mir, mich in das Geäst meiner Glieder zurückhängen. Stelle mich aufrecht in die Unwichtigkeit meines Aussehens, schrecke gleich einer Vogelscheuche Spatz und Maulwurf, springe über Fels und

Stein und genieße es, für eine Weile so sein zu dürfen, wie ich mich sehen möchte. Renne mit mir selbst um die Wette, stehe im eigenen Kochfleisch, zerfließe auf dem Rücken dieser Landschaft und vermerke stolz, dass es die Sonne ist, die mich aufspießt, mich büßen lässt, angesichts des abendlichen Bacchanals, des guten Weins und so manch ungebremsten Eigensinns.

Nachdem ich nun einige hundert Meter in den Sand getreten bin, das Gewicht meiner Nachdenklichkeit auf die Natur der Dinge zu verteilen versuche, ertönen die Glocken der kleinen Kapelle. Ziemlich ungewöhnlich, wie ich meine, da steht die Zeit derart schräg in der Stunde, dass es mir schwer fällt, sie mit einer Andacht in Verbindung zu bringen. Zudem müsste man sich fragen, welche Seelen sie auch erreichen könnte, dieses Land hat die Gottesfürchtigen verschickt und die Einsamkeit zur besonderen Idylle erhoben.

Und obschon ich noch damit beschäftigt bin, der moosigen Zunge weinseliger Wortwelten wieder etwas mehr Nächstenliebe zukommen zu lassen, sorge ich mich urplötzlich um Sibelius, zumal ich dem schweißtreibenden Geläut bisweilen keine andere Erklärung beimessen kann, als dass nun tatsächlich etwas passiert sein muss. Gewiss vermag Sibelius das Hufeisen mit der bloßen Faust zu schmieden, doch wer ihn näher kennt weiß auch, dass man ihn gleich einem Wollknäuel über dem Schoß aufwickeln könnte. Folglich verbrüdere ich mich mit der hochheiligen Idee, ich könnte persönlich gemeint sein, besinne mich der kämpferischen Natur meines keltischen Blutes, begebe mich aufrecht in die Rüstung meines Stolzes und vollziehe mit breiten Schultern, was mir die vergangene Nacht an Unbeweglichkeit eingebracht hat.

Aber wie sooft ist der Mut zum Selbstwertgefühl der blinde Eifer, sich zum Narren zu machen, ein Torpfeiler, der im Weg steht, oder die abgebrochene Feder im Kopfschmuck eines Häuptlings. Hier in Gestalt Pater Sibelius`, der unter dem Aspekt, gefesselt lässt sich besser verhandeln, ganze Arbeit geleistet hat. Perspektivisch betrachtet, die heroische Standhaftigkeit eines Akazienbaums dazu missbraucht, die leibhaftige Figur eines Bleichgesichts daran festzubinden. Ich muss nicht betonen, dass ich in der Woge seines Lächeln auflaufe, nicht zuletzt ich außer Atem bin und Probleme damit habe, die Trossen meines Körpers stramm zu halten.

»Erstaunlich«, stellt sich Sibelius breitfüßig in die Sandalen, »dir war es vergönnt, das Läuten der Kirchenglocken nicht nur christlich zu erleuchten, du hast sogar in Erfahrung gebracht, dass man sich schon des edlen Zorns unterziehen muss, wollte man noch seiner Gleichgültigkeit hinterherkommen.«

»Und natürlich mit der Ungeduld jener Fische«, runde ich nach oben hin auf, »die von außen an den Netzen zubbeln und entsprechend ihrer Neugier mit an Bord gezogen werden.«

»Dummheit«, so Sibelius, »ist immer etwas unbarmherzig, sowohl im weltlichen als auch im religiösen Sinne.«

»Du meinst«, interpretiere ich seine Worte, »dass der Tisch angerichtet war, der Appetit nach Gerechtigkeit geradezu haarsträubend deine Kehle kitzelte, und es dir vergönnt blieb, die Buße vor die Beichte zu verlegen.«

»Nichts geschieht«, entgegnet er, »das Gott nicht schon längst bedacht hätte. Was Gesetz und Ordnung notwendig macht, sollte einer Freundschaft billig sein, selbst auf den Verdacht hin, sie falsch gemünzt zu haben. Dieser Morgen hält es für notwendig, uns diesen jämmerlichen Zugvogel ins Haus zu befördern. Und nicht nur, dass er Probleme damit hat, sich auszuweisen, er sieht auch noch so aus, als hätte ihn der Teufel persönlich geschickt.«

»Du meinst«, unterziehe ich mich seinem Richterspruch, »angesichts dieser Befürchtung sollte man ihn ungefragt am Gerüst seiner unbedeutenden Knochen aufhängen.«

»Wer sich zum Schatten anderer macht«, bestätigt Sibelius, »hat den Anspruch auf sein eigenes Leben verwirkt, insofern vollziehen wir nur, was ihm selbst Kummer genug ist.«

»Wer hätte das gedacht«, schließe ich mich seinen Überlegungen an, »Du sahst, wusstest und siegtest, gleich der Vorsehung und deiner gottgesegneten Hände.«

»Vielleicht auch Fäuste«, bekreuzigt er sich, »wer der Einsamkeit frönt, dem ist jede Schmeißfliege ein Dorn im Auge und wahrscheinlich auch die einzige Möglichkeit, dieser gequälten Welt seine persönlichen Dienste anzubieten.«

»Das heißt«, unterstreiche ich seine Worte, »wollte man sich keine neue Plage einhandeln, ist es an der Zeit, diesem unterernährten Fragezeichen die Chance zukommen zu lassen, sich von sich selbst zu befreien.«

»Eine wahrhaft glänzende Idee,« grinst Sibelius, »wer faul in seinem Fleische hängt, dem wird jede Müllhalde zum Paradies.«

»Und das«, ergänze ich, »ist bei aller Fairness Grund genug, die Verhandlung auf den Moment der Folter zu verlegen.«

»Du hast das besondere Sprachgefühl für ausgefallene Dinge«, gibt sich Sibelius stilvoll, »nun zeige ihm, wie elegant du die Kunst der Marter beherrschst, beweise ihm, dass du besser bist als Herodes oder Frankenstein.«

Schiebt ihm den Knebel in die Nähe seines Gaumens, schüttelt sich den Schoß seiner Robe, vermischt die Luft mit Staub und Weihrauch und bestimmt apodiktisch, dass die Sonne den Zenit mildtätiger Zugeständnisse überschritten hätte, ihr Licht sensenspitz auf sein Haupt träfe und es im Sinne jener wundersamen Erhellung an der Zeit wäre, seinen Geist mit seinem Blute zu reinigen. Wirft mir einen Stein zu, welchen er dem Täter während des Kampfes entriss, schildert seine Widerspenstigkeit, ihn auszuliefern und vermerkt, dass dies ein weiteres ungewöhnliches Requisit seiner Einfältigkeit sei und seinen extraordinären Hang zum Aberglauben hin essenziell belegen würde.

»Womit das Urteil sich selbst vollstreckt«, schränke dann allerdings ein, dass dies in der Tat kein gewöhnliches Utensil wäre, sondern ein kosmisches Kleinod, das den Beweis dafür liefere, dass das Leben bisweilen nicht nur auf der Erde stattfand.

»Aber natürlich«, zeigt sich Sibelius wissend, »dieser Stein sieht zwar jedem anderen Stein ähnlich, kommt in Wirklichkeit aber vom Mars oder der Venus, vielleicht auch aus der Milchstraße, was wissen wir. Geist ist überall Geist, wie das Licht überall Licht ist.«

Schaut mich derart verblüfft an, als hätten ihn seine eigenen

Worte überrascht, zieht ihm das Taschentuch reißfest über die Zähne, beklagt seine Unart, bisher geschwiegen zu haben und erklärt, dass wir seine Seele zwar von seinen Ansichten befreien könnten, nicht aber sein Gewissen. Insofern vollzögen wir eh nur, was Gott längst verfügt hätte.

»Ihr seid ja wahnsinnig, total wahnsinnig«, spuckt er die Grabesstille aus seinem Mund. »Ich bin nicht der, für den ihr mich haltet, schon gar nicht euer Wunschkandidat. Es mag richtig sein, dass es in meiner Absicht lag, an diesen Stein zu kommen. Völlig falsch wäre es aber zu glauben, ich hätte es auf Fishers Leben abgesehen. Wenn ihr den Teufel meint, müsst ihr ihn irgendwo anders suchen, bei euch selbst, oder in der Hölle.« Er jedenfalls wäre so harmlos wie eine Mottenkugel. Zumindest was den Tross meiner Schatten anbeträfe, diese seien weniger auf den Stein fixiert als auf mein Leben. Aber dies sei schließlich meine persönliche Angelegenheit. Was seine Wenigkeit anginge, so handele er in der Überzeugung, dass die Kirche ein Anrecht hätte, zu erfahren, was die Weltraumfahrt an Neuigkeiten hinsichtlich extraterrestrischer Existenzen in Kenntnis bringen konnte.

»Bedeutet dies nicht«, schließe ich auf, »dass die Religion in der Besorgnis steht, Adam könnte einen außerirdischen Bruder haben, oder ist es das Vorgefühl, die Gläubigen könnten die Priesterschaft der Ignoranz bezichtigen.«

»Wahrscheinlich beides«, bläst sich Sibelius zur vollen Größe auf, schmäht den Irrwitz der Kirche, über Steine zu stolpern, beschimpft die meisterliche Unfähigkeit dieser Welt, Geschwätzigkeiten für bare Münze zu nehmen, und als hörte er schon den Aufprall des Fallbeils, ermahnt er mich im Namen Jesu, ich möge es künftig vermeiden, einen Baum mit den Blättern in die Erde zu schlagen. Schüttelt das Krähennest seiner wildaufgestellten Haare, verflucht den Tag, mich kennen gelernt zu haben und dezidiert mit sorgenvoller Mimik meinen tierischen Hang, schlafende Hunde zu wecken, meine unermüdliche Affinität Fettnäpfchen gegenüber und die besonders spießige Art, erst Ruhe zu geben, wenn ich jedes davon zertrampelt hätte. »Wer den achten Tag der Schöpfung ins Gerede bringt, darf sich nicht wundern, dass ihn die Vergangenheit verschlingt.«

»Für die Christen«, halte ich fest, »ist der Mühlstein das Exponat des Denkens und das Grabgewölbe der Thronsaal des eigentlichen Lebens. Somit ähnelt das eine dem anderen. Wir treiben, wenn du so willst, immer noch in einem Weidenkörbchen flussabwärts und warten darauf, als Erlöser oder Märchenprinz adoptiert zu werden. Die Wahrheit aber ist, dass sich Ströme dem Meer verpflichtet fühlen und zur nüchternen Geschichte allmählichen Untergangs werden.«

»Gott sät den Sturm nur für die Ungläubigen«, erregt sich der unbekannte Gast, »er ist der Ort des Gerichts, das Recht der letzten Instanz. Er ist das Wort, an dem die Unwissenden zerbrechen.«

»So spricht jemand, der den Terminus des Verrats zum Inbegriff seines Denkens gemacht hat«, erzürnt sich Sibelius, »es ist nicht Gott, der die Klingen schlägt, sondern die misslungene Nachbildung dessen, was er vergeblich beim Menschen in Erwartung stellte, jemand, der das Sonnenlicht der Sprache ins Dickicht seiner Absichten zieht, um der Finsternis Vorschub zu leisten.«

Schielt über den Kopf des beinahe Gehängten hinweg, befreit ihn von seinem Kreuze und versichert, dass er sich vergessen würde, sollte er die heiligen Gemäuer weiterhin mit seiner Anwesenheit besudeln. Worte, die ihm augenblicklich Beine machen und wie vom Sturmwind erfasst in die Botanik befördern.

»Du siehst«, beeilt sich Sibelius, der Staubfahne hinterher zu kommen, »die Angst ist eine endlose Flucht, es ist die Welt, die dem Herzen abhanden gekommen ist oder nie stattgefunden hat.«

Säubert mit seinem Segen die geweihte Stätte, reicht mir eine Kelle kühlen Wassers und bittet mich, ihn in die Kapelle auf ein stilles Gebet zu begleiten.

Es ist erstaunlich, wie schnell Pater Sibelius wieder den Alltag in sich aufnimmt. So versucht er mir zu erklären, dass man sich selbst ein fremder Gast bleibt, wenn man seinen Blick ausschließlich dafür nützt, andere zu verurteilen.

»Die Welt von Morgen hilft uns nur weiter, sobald wir die Zweifel von Heute besiegt haben.« Nicht anders verhielte es sich mit der Besessenheit der Menschen, den Kosmos zu erobern. »Andere Planeten zu gewinnen nützt niemandem, wenn er die Erde dabei aus den Augen verliert.«

»Der Geist, der nicht reist, ist eine leere Fahrkarte«, schicke ich meine Gedanken behutsam hinterher und weise darauf hin, dass ich meine Ansichten noch nicht in Blei gegossen hätte, weder mit der Bequemlichkeit einer Hängematte noch mit den Maulschellen, die andere mir nachtragen. ›Die Seele ist ein ferngefundenes Gut, deren Sprache es zu enträtseln gilt.‹

»Aber sie ist auch die Norm allgemeinen Denkens«, rät mir Sibelius, »kein Exil für überspannte Träumer. Sie ist das, was durch sich selbst existiert, der Drehpunkt allen Seins und jeglichen Verständnisses, das Manual längst geschriebener Sinfonien, die Leinwand einzigartiger Bilder, die Papyrusrolle geheimnisvoller Rätsel und Mysterien. Du siehst«, lächelt er über die Tastatur seiner Zähne, »man muss die Bibel nur richtig lesen können. Auch das steht geschrieben, dass man nicht alles begreifen muss, um zu existieren. Alles ist so ungewöhnlich wie schon immer, letztlich die Dinge, die man kennt und beherrscht.«

»Du meinst«, suche ich den Eingang seiner Worte, »alles ist gesagt, nur die Bestimmung, der wir folgen, geht ihre eigenen Wege.«

»Wer mit einer rostigen Kehle trinkt«, erwidert er, »kennt nicht den Geschmack des Wassers.« Zeigt auf den Wildwuchs des Innenhofes und ist sich sicher, dass die wahre Heimat der Natur barfuß läuft und sich nur reglementieren ließe, würde man sie ihrer selbstverständlichen Schönheit berauben.

In der Kapelle angekommen wird es mit einem Male unwirklich still. Und es ist, als fehle mir die Stimme, dagegen anzureden, als durchwandere ich meine eigene Gegenwart wie ein seltsames Ding, ähnlich jemandem, der sein Leben verlässt und zu einem neuen Keimen überwechselt.

»Schon eigenartig«, suche ich die Nähe Sibelius`, »diese Ruhe komm mit eingeschlagenen Türen und dem trockenen Licht eines flüchtigen Tages, unberührt und mitleidslos, so als wolle sie meine Seele bewohnen, als gäbe sie sich dem Schrei der Einsamkeit hin.«

»Du bist so weit von dir entfernt, wie deine Gedanken anderswo sind«, deutet Sibelius auf meine Gemütslage und meint, dass dieses Schweigen vielleicht eine Form der Verabschiedung sei und es nur die Unstimmigkeit wäre, die ich aus meinem Herzen scharren würde. Verweist überdies auf eine Freundschaft, die jenseits aller Gefahren existiert, die mit Fäusten zu regeln vermag, was sie mit gefalteten Händen an Abbuße zu leisten hat. Insofern sei es wohl angebracht, mich dann und wann ins Gebet zu schließen, nicht zuletzt der Besorgnis wegen, ich könnte zwischen Mars und Pluto für Gott und die Welt verloren gehen. Schnäuzt seine Aufregung in den Ärmel seiner Kutte, umarmt mich mit der sensitiven Leichtigkeit eines Schraubstocks, stellt meine Rippen auf die Probe innerer Standfestigkeit und bestimmt, dass mein Ansehen kaum darunter leiden würde, mir ein paar Pfunde mehr zuzulegen. Rät mir, die alten Kampfsportarten wieder aufleben zu lassen und mahnt mich in Dreifaltigkeitsnamen, meinen Mund künftig besser im Zaum zu halten.

KAPITEL 6

Es sind die Wege, über deren Asphalt sich die Zeit verabschiedet, mich aufsaugt wie die Ferne, die vor mir liegt, die auf der Suche nach meiner persönlichen Wahrheit nicht mehr als die Räder unter meinen Füßen ins Rollen bringt. Folglich sind es dann auch die vielen Einbahnstraßen, die mich fragen lassen, wo der Anfang sein Ende nahm, die mit der Bedrohung, ich könnte einem multiköpfigen Fabelwesen aufsitzen, mein Selbst in die Welt von Unzweckmäßigkeiten entführen.

Aber wie die Seele so die Gedanken. Wie sagte Sibelius, wer mit einer rostigen Kehle trinkt, kennt nicht den Geschmack des Wassers. Es ist also nicht auszuschließen, dass die Antworten, die ich mir schuldig bleibe, schon seit einiger Zeit dem Willen folgen, der Alltag möge sie unbemerkt verschlingen. Vielleicht liegt es aber auch an einer gewissen Hilflosigkeit, Entschlüsse voranzutreiben. Die letzten Tage und Wochen waren es, die mich auf das reine Gewicht von Girlanden abmagern ließen, mich von Wand zu Wand spannten, zwischen Trugbilder und heimliche Sehnsüchte, die mich meiner persönlichen Realität beraubten und in den Schrank von Gespenstern stellten, zu beinlosen Kleidern und kopflosen Hüten.

Dementsprechend spüre ich nicht den Wind, der mich erheben könnte, nicht einmal um meiner Seele willen. Zuweilen hege ich sogar den Verdacht, dem Kamin der Hölle näher zu sein als dem Himmel, der darüber liegt. So kommen meine Gedanken dann auch mit der schwelenden Hitze eines Nachtgewitters und dem rußigen Gefühl, ins Nichts gepustet zu werden. Offensichtlich schlafe ich immer noch in den unbeweglichen Silben meines Namens, schaudere vor der Hohlform meines Körpers und dem nicht zu Ende gedachten Anspruch, mir selbst zu gefallen. Dabei ist es nicht so, als hätte ich meine Lippen jenseits des Schweigens abgelegt. Allein die Psyche ist es, die sich verändert hat, der Grundstoff ihrer Tinte und die Bereitschaft, sich ins Leben einzuschreiben. Fast schon ein wenig unbeholfen setze ich den Zeichenstift an die Konturen meines Verständnisses, krame mich durch die Ablage stillgelegter Vereinsamung und stelle mich der Frage, wie unpassend ich mir noch vorkommen muss, um aus meinen Dummheiten herausgeschmissen zu werden. Offensichtlich ist die Bekanntschaft, die man zu sich hegt, eine unwirkliche Pflanze, ein rätselhaftes Etwas, das seine Wurzeln in die Tiefe treibt, um sich nach obenhin zu entladen.

Während ich, mit diesen und ähnlichen Überlegungen verhaftet, längst Geschehenes zu schrecken trachte, meldet sich der Bordcomputer meines Autos mit dem Willkommensgruß, zu Hause angelangt zu sein.

»Wer immer Sie geschickt hat, der Himmel oder die Hölle«, läuft mir Antonia, meine Haushälterin, entgegen, »Sie kommen im richtigen Moment«, wischt sich ihre obligatorischen Schweißperlen von der Oberlippe, glättet ihre obligatorische Bluse zwischen Taille und Ausschnitt und brüstet sich mit der Neuigkeit, dass meine Person bei einer russischen Weltraumexpedition gefragt sei. Hüpft mit der Grazie eines Laubfroschs die Steintreppen des Portals empor, winkt mich in die Empfangshalle und lässt mit gebieterischer Handbewegung die Zeit um mich für einen Augenblick stillstehen, zumindest, was mein Erstaunen bezüglich der Renovierung der Räumlichkeiten anbetrifft. Alles scheint so wie früher zu sein, manches sogar freundlicher, sowohl in der Farbe des Anstrichs als im Duft frischer Polituren.

»Es mag sein«, zeige ich mich einigermaßen überrascht, »dass mich der Himmel schickt, Sie aber scheinen mit dem Teufel im Bunde zu stehen, wie sonst ließe sich diese Hexerei erklären.«

»Aber Sie wollen nicht behaupten, dass ich der Besen bin, auf dem der Aberglaube reitet. Die Geschwindigkeit ist ein planmäßiges Unternehmen, vielleicht noch die Magie des Geldes, genauer fixiert, die finanzielle Leistung der Versicherung und das schlechte Gewissen, die Haushaltskasse dabei nicht unverschont gelassen zu haben. Die meisten Rätsel lösen sich von selbst, man muss sie nur laut genug anschreien, mit sanfter Fahrweise scheucht man keinen Spatzen von der Straße.«

»Sie gehen davon aus«, erwidere ich, »dass die Götter dem Tüchtigen behilflich sind und dass man mit schlichten Ansprüchen nur seine eigene Untauglichkeit zur Disposition stellt.«

»Nicht umsonst hat das Schicksal uns zwei Arme angehängt«, meldet sich Vanessa Haywood aus dem Nebenzimmer, »den einen, der dazu bestimmt ist, die Forke zu schwingen, den anderen, um zu ernten. Offensichtlich hat Ihre häusliche Seele den kürzesten Weg gewählt und Ihnen den morgigen Tag heute schon an die Hand gegeben.«

Gibt ihrer Gestalt das Aussehen einer Schokoladentafel und wiederholt mit dem besonderen Aroma exotischer Genießbarkeit, dass ich mich einem russischen Raumfahrtunternehmen anschließen könnte. Die entsprechende Zustimmung seitens der NASA hätte sie bereits in der Tasche.

»Was will man mehr«, übernimmt Antonia das Zepter, »wer es fertig bringt, Gott und die Welt an der Nase herumzuführen, der müsste ein derartiges Angebot mit Luftsprüngen zur Kenntnis nehmen, zumal Ihre Mission hinsichtlich mozartscher Töne noch so manche Fragen offen ließ.«

»Es gab die Zeit«, wende ich mich an Vanessa, »da glaubte ich, die Arktis hätte wärmere Eiszapfen zu verzeichnen als jene, die meiner Haushälterin aufopfernderweise von der Dachkante fallen. Inzwischen weiß ich allerdings, dass dies nur die bescheidene Aussage zu einem höchst komplizierten Naturell sein konnte. In Wirklichkeit ist sie der hartnäckige Virus meines Gewissens, die voreilige Antwort so manch törichter Entscheidung.«

»Aber Ihre Enttäuschung wird sich hoffentlich in Grenzen halten«, lächelt Vanessa, »nicht jedes Gefühl ist dazu angetan, ernst genommen zu werden. Keine Wahrheit ist so aufrichtig gedacht, als dass man sie ausschließlich für sich selbst in Anspruch nehmen sollte. Die meisten Leute«, zeigt sie sich überzeugt, »lügen sich in die Ehrlichkeit ihrer persönlichen Dummheit hinein. Insofern gibt es nie eine reale Willenserklärung, nur einen Trend dorthin. Man beschließt, wozu man längst schon aufgerufen ist. Wir sind die Glocke im Bauch gestrandeter Schiffe, die mahnende Stimme, die dem Verstand seine Ernsthaftigkeit abspricht, und wir sind es mit allen Visionen der Empörung, sind die Segel, die im Sturm stehen, um den Zorn herbeizurufen und die Alternative allen Hochmuts, um sich selbst zu widersprechen.«

»Heißt das nicht auch«, stelle ich mich dem Regen ihrer Worte, »dass wir nie das sein werden, was wir von uns erwarten, nie dort ankommen, wo wir hinwollen? Sollten Sie das gemeint haben, müsste man sich schon fragen, inwieweit der Kopf überhaupt noch der Seele dient. Wenn jeder so gut oder so schlecht ist, wie der andere ihn sehen will, ist die Verantwortung, seinem Selbst gerecht zu werden, auch nur eine Farce.«

»Und dennoch werden wir diese Leistung erbringen müssen«, so Vanessa. »Wollen wir nicht die Daumen gegen den Uhrzeigersinn drehen, kommen wir nicht umhin, Widersprüche in Kauf zu nehmen. Das Leben wird immer ein Experiment mit dem Zufall bleiben.«

»Und nicht nur das«, pflichtet Antonia bei, »Sie würden das Universum in den Wintergarten verlegen und so dastehen, als wären Sie in das offene Maul einer Heckenschere geraten.«

»Der vollkommene Ignorant«, erwidere ich, »ist Rentner seit Geburt, entweder schrecklich blöde oder unvorstellbar anständig. Seine Wahrheit ist die Werkstatt allen Mitleids, das Gebaren, Madonnen und Kruzifixe zu schnitzen, für Gott und die Welt, gegen Vampire und Hexen.«

»Es ist das vergebliche Bemühen«, so Vanessa, »sich einzugestehen, dass Vergänglichkeit die Ursache aller menschlichen Fehlkalkulationen ist, das Leck im Spiegel persönlicher Gefallsucht, die Stimme, die dem Echo nicht gewachsen ist und sich gegen sich selbst richtet.«

»Wie wäre es«, so mein weiblicher Hausverwalter, »wenn wir das Thema dem Beichtstuhl überließen und den Narren in uns an die Bar geleiten würden. Hat man den Korken erst einmal aus der

Flasche, findet sich auch das Gesicht ein, das den zögerlichen Befürchtungen ein Lächeln aufsetzt.«

»Nichts verteilt sich besser als Ratschläge, die man selbst nicht befolgen muss«, suche ich die Hintergründigkeit ihrer Worte auf. »Immerhin soll ich Juri Gagarins Biografie um einen Doppelgänger bereichert haben, so gesehen wäre es schon einigermaßen leichtsinnig anzunehmen, ich hätte damit der russischen Seele einen Freundschaftsdienst erwiesen.«

»Weiß Gott, so etwas Ähnliches haben Sie gesagt«, erinnert sich mein wandelndes Gewissen, »aber Sie sind ja auch nicht der, für den Sie sich halten. Insofern wird man Ihre Intuition nicht gleich zum nationalen Epos machen.«

Wischt sich das Farn ihrer Haare aus der Stirn und versichert, dass auch die Russen den Zaun altkommunistischer Ideologien übersprungen hätten.

»Sie sollten in der Tat Ihren Kopf nicht mit Mutmaßungen belasten«, erklärt sich Vanessa, »wer Sie kennt, der weiß, dass Sie den Dachfirst zu Ihrem Lebenselixier gemacht haben, und dass Sie verrückt genug sind, fliegende Teppiche zu knüpfen. Bis dahin sind Sie doch ein ganz normaler Astronaut, mit Flausen im Kopf und Sternen in der Hand.«

»Was will man mehr«, zeigt sich nun auch Antonia gewillt, meine Dummheiten als ein genial bemustertes Universum anzusehen und verfügt, dass ich geradezu geschaffen wäre, der Silhouette des Mondes meine Aufwartung zu machen. »Wer mit den Stimmen des Alls korrespondiert und nie Gehörtes nachsingt, muss mit vorgewaschenen Ohren auf die Welt gekommen sein.«

»Sie sehen«, so Vanessa, »Meinungen lassen sich nur solange pflegen, wie sie nicht durch andere ersetzt werden, letztlich vor dem Hintergrund, dass der Alltag vergessen lässt, was gestern noch von Bedeutung war.«

KAPITEL 7

Einstweilen kommt in mir der Verdacht auf, mit zwei Seelen bestraft zu sein, die eine, die der Zeit vorauseilt, die andere, die immer noch dem Glockengeläut des Gestern hinterherpendelt und sich mehr taub als wissend in den Tag hineinhängt. So stehe ich dann auch eher abwesend als gegenwärtig dem Terminal des Airports gegenüber, irgendwo zwischen Ankunft und Abflug, zwischen zugesteckten Lösungen und verschmähten Heimlichkeiten, letztlich mit dem Ticket in der Hand, sich der Eiskammer Russlands wärmstens zu empfehlen.

Im Augenblick ergeht es mir gleich jemandem, dem alles durch den Kopf geht und nichts darin haften bleibt, der zweimal nachdenken muss, bevor ihm die Zunge das Maul versperrt. Offensichtlich bin ich mit der Abschreibung der Vergangenheit nicht unbedingt in den Sonnenaufgang geraten. Vielmehr ist es die Trägheit des Lichts, die mein Profil zeichnet und mich so dastehen lässt, als hätte ich die Zeitlupe zur Begradigung der Langeweile höchstpersönlich patentieren lassen.

»Die wahre Psyche«, charakterisiert Vanessa Haywood meine geistige Abstinenz, »entblättert sich über den Wolken, niemand weiß das besser als Sie selbst. Es gibt also gute Beweggründe dafür, nicht zu verzagen. Die Gangway ist für diese Erkenntnis frei und Moskau als Zwischenstation geradezu eine geniale Aufmunterung.« Im Übrigen würde dort ein platinblonder Engel dafür Sorge tragen, dass ich mir selbst treu bliebe. Sie besäße alles das, was ich an mir letztlich schätzen würde und alles, was ich noch nicht entdeckt hätte.

»Was Stolz und Anmaßung nicht zu bewirken vermögen«, werte ich ihre Worte, »wird die Schüchternheit vollziehen. Die Geschichte lehrt uns, dass nicht jeder Sieg gleich ein Gewinn ist.

Trotz allem werde ich berücksichtigen, was es zu überwinden gilt.«

Schicke meine beiden Gepäckstücke in die Röntgenologie der Abfertigung und verkünde mit der abrupten Wahrheit eines Megaphons meinen Willen, linientreu und glaubwürdig zu bleiben, letztendlich unserer gnadenlosen Freundschaft zuliebe und der ultimativen Stimme, vor der Güte des Windes geboren zu sein.

Aber wie die meisten Aufrufe erst einmal die Ankündigung von Aufrufen sind, ergibt sich für Vanessa die Gelegenheit, mir zu erklären, dass sie den universellen Bereich meines Geistes mit ihren Gedanken bewohnen würde, zumal ich mir einen Erfolg erkämpft hätte, den andere aus Feigheit versäumten und mir insofern mehr Neider als Bewunderer auf den Fersen wären.

»Sie sehen«, zeigt sie sich bemüht, ihre Ratschläge unterzubringen. »Sie werden das Unvereinbare schätzen lernen müssen, um das Erträgliche in Grenzen zu halten. Vor allem aber sollten Sie sich vor der Meinung hüten, alles Gescheite geschehe in Freundschaft. Jene, die am kooperativsten mitsingen, könnten sich am Ende als Scharlatane ausweisen. Grund genug also, sich der heimischen Lockvögel zu vergewissern, so manche Seele wurde über Nacht zum Brutplatz unliebsamer Kuckuckseier.«

Inzwischen ist es dann die letzte Anweisung, sich zum Flugzeug zu begeben, der Augenblick, der sich unserer Worte annimmt und uns dazu bewegt, uns zu umarmen, zuweilen sogar so intensiv, als hätten wir uns bisher Wesentliches vorenthalten, vielleicht sogar mit der Verlegenheit, aneinander vorbeigeredet zu haben.

Derweil ich so meine Empfindungen auf den Flug bringe und dem Geschehen von eben die vage Erkenntnis beisteuere, mehr als nur Sympathien zu hegen, sehe ich mich mit einem Male um die Leichtigkeit jener Wolken betrogen, die schwebend beizumessen versuchen, was ihnen an Blitz und Donner innewohnt. Vor allem aber fühle ich mich der Torheit verpflichtet, seelisch zu vergrößern, was sich unter mir verkleinert, insbesondere jener Fragen zuliebe, die ganz vorne im Cockpit meiner Sinne mitfliegen. Und während ich die bessere Hälfte meiner Laune in Anspruch nehme und den Groll der letzten Tage und Wochen in die Triebwerke der Maschine verlege, registriere ich, dass die Welt um mich auch noch etwas anderes zu vermelden hat. Da sind es unter anderem die nervenden Feststellungen jener Gundschulüberfliegerin, die zu berichten weiß, dass es gegenwärtig sicherer sei, mit einer Rakete zum Mond zu fliegen als mit einer Linienmaschine in den nahen Osten. Zupft sich das Kleid über ihre blau geschrammten Knie, schlägt ihrer kopfhörerverpackten Mama auf die Schenkel und bemerkt, dass es die wahren Zuhörer unter den Eltern nicht mehr geben würde.

»Und wie ist das mit Ihnen«, will ihr altkluger Bruder mit dem Plastikpropeller unter dem Kinn in Erfahrung bringen, »Sie schauen nicht so aus, als hätten sie den Mut erfunden. Vielleicht liegt es aber auch in der Natur der Menschen, ihre Hirnmasse als Brachland anzusehen. Wer nur 5% davon in Anspruch nimmt, wie die Statistik sagt, muss sich in seinem Kopf schon ziemlich überflüssig vorkommen.«

»Was man von dir nicht behaupten kann«, erwidere ich, »aber man beurteilt ja auch nur mit der Fähigkeit, die uns allgemein zu Verfügung steht. Im Grunde wird es schon so sein,« nehme ich mich seiner Philosophie an, »dass wir mit einer Menge Platz im Schädel herumlaufen, und dass dies der Raum sein könnte, in dem sich die Angst versteckt hält, die Furcht jener Leere, die Aliens auf die Matte beruft und Tod und Teufel zum Tanzen bringt.«

Doch bevor ich nun dazu komme, den Kindern ihren eigenen Krimi zu erzählen, lüftet die Mama ihr linkes Ohr und versichert mit bemerkenswerter Konsequenz, mich an die frische Luft setzen zu lassen, würde ich weiterhin ihre Kinder mit derartigem Unsinn belästigen.

»Sie sehen«, beeilt sich das Mädchen um seine persönliche Auffassung, »Erziehung ist das halbe Leben oder der Beginn einer lausigen Kindheit.«

»Es gibt Antworten«, entgegne ich, »die lassen sich schweigend besser erklären als in Worten. Insofern sollten wir den Fisch in uns an Land ziehen und uns auf die mentale Ebene gedanklicher Absprachen begeben.«

Erstaunlicherweise sollte es dann auch das einzige Gespräch bleiben, was dieser Flug anzubieten hat. Und so geschieht es, dass mich die Einsilbigkeit bis zu dem Zeitpunkt gefangen hält, da ich Moskau unter mir erblicke. Auf meine Frage an die Stewardess, wieso diese Stadt immer noch so aussehen würde, als hinge ihr ein Armeemantel an, verbessert sie mich einigermaßen schokkiert, »Was sich im Moment Grau in Grau zeigt, hat im Herzen goldene Türme und nicht nur diese, die den Kreml schmücken, sondern auch jene, die das Gemüt der Menschen reflektieren, die russisch denken und tiefgründig empfinden.« Derweil ich nun damit beschäftigt bin, den Gehalt ihrer Worte zur Physiognomie jener Gesichter zu machen, die mir in der Ankunftshalle begegnen, fesselt mich eine sonore Frauenstimme mit der suggestiven Anmerkung, der Astronaut möge das nahe Liegende nur so weit aus den Augen verlieren, wie er zu erkennen vermag, was hier und jetzt den Erdball schmückt. Schüttelt ihr hübsches Antlitz aus der flauschigen Kapuze, rät mir meinen Blick für die unermesslichen Weiten künftig zu Gunsten irdischer Tatsachen zu reformieren und schlägt vor, den gewohnten Höhenflug auf die anstehende Mission zu beschränken.

Obgleich ich nun so einiges, dank der liebenswerten Schilderung Vanessas, in Erwartung gestellt habe, verharre ich für den Augenblick stimmlos in meiner eigenen Sprache. Nicht zuletzt dieser Engel alle Erklärungen auf seiner Seite hat. Zum einen, dass er über eine außergewöhnliche Schönheit verfügt, zum anderen die reale Kopie jener Erscheinung darstellt, mit der ich einstweilen im Bistro die Plätze wechselte. Natürlich muss man sich hier fragen, wie zufällig sich der Zufall noch vorkommen muss, wollte er sich nicht freiwillig in die Sandalen der Bekenntnis begeben. Zumal er sich mit derart bizarrem Anmut präsentiert, dass es schon verwunderlich wäre, hätte der Himmel dieses Wesen freiwillig auf Reisen geschickt.

»Manchmal kommen die Wege über den Knoten an den Faden«, nimmt sie sich meiner Verblüffung an und vermerkt, dass ich meine Überlegungen problemlos über den Zoll bringen könnte. Die Karten, die mir zurzeit fehlten, seien immer noch im Spiel, und, wenn ich etwas Geduld aufbringen würde, mit der Chance, sie auch entsprechend zu nutzen.

»Wer den Entschluss fasst, sich zu verändern«, entgegne ich, »hat auch das Wagnis zu tragen, daran zu scheitern.« Ergreife meine beiden Koffer und versichere, alles Erdenkliche zu tun, den Kopf nur so weit nach oben zu strecken, wie er nicht in Verdacht gerät, als Spargel guillotiniert zu werden.

»So weit wollte ich Ihre Befürchtungen nicht bemühen,« sucht sie die Röte ihrer Wangen auf, »nicht einmal aus Spaß.«

Inzwischen ist es dann auch das Taxi, das wir gegen den Airport eintauschen, der Moment, der mich vergeblich nach einem Griff Ausschau halten lässt und mich an die schwammige Haltung meines Selbst erinnert.

»Das ist Moskau«, lacht meine Begleiterin, »es sind die ewigen Schlaglöcher, die es zu umfahren gilt, selbst wenn man sie schon vor einer Weile zugeteert hat, die Gewohnheit fährt obligatorisch mit. Und es sind die Anstrengungen, sich zur Decke strecken zu müssen, die Duldsamkeit, sich mit den Gefahren des Lebens anzufreunden. Die Menschen haben es gelernt, mit der Fahrbahn zu denken und mit Vorurteilen zu handeln.« Gibt sich mit dem nächsten Hopser die Ehre, mir ein Stück näher zu kommen und erklärt, dass die Welt hier, mehr als irgendwo anders, von der Lethargie der Alltäglichkeit bestimmt sei. »Man ruht in sich selbst und gibt sich bereits zufrieden, sobald man erkennt, wie schlecht es allen anderen geht.«

»Vielleicht ist es aber auch der Atem, der über diesem riesigen Land liegt und die Uhren langsamer gehen lässt«, füge ich hinzu, »bislang hat der Fortschritt selten das gehalten, was er zuweilen so nachhaltig versprach.«

Während ich nun mit der Stille einer ausbleibenden Antwort den nüchternen Zauber dieser Stadt auf mich einwirken lasse, meine hübsche Begleiterin im Fahrerspiegel in Augenschein nehme und die monumentalen Köpfe der Vergangenheit links und rechts neben den Straßen zum Vergleich stelle, sind wir an unserem Hotel angelangt.

Erstaunlich, wie schnell ich mich mit einem Male der Aufmerksamkeit des Personals gewogen fühle und der Bequemlichkeit unterwerfe, sie für meine Dienste in Anspruch zu nehmen. Gewiss steht mehr dahinter als nur die Annehmlichkeit des Komforts, eher schon die Ungeduld, meine Partnerin so bald wieder zu sehen und der Gedanke, mit einem Glas Champagner zu besiegeln, was das Schicksal zuweilen für uns an besonderen Zufällen aufgespart hat. Und so stelle ich mich der Kursivlage innerer Neigungsfähigkeit, versuche den Klebstoff flüssig unter die Schuhe zu bringen, tausche in Windeseile meine Uniform gegen ein legereres Outfit, nütze den Schrank, um lästige Fragen darin aufzuhängen und gebe mich der erogenen Bedeutungslosigkeit hin, nichts an meinem Körper zu belassen, was nicht höchst privater Natur wäre.

Die wahre Unterwürfigkeit, sollte ich sehr bald erfahren, besteht in der Diktatur erotischer Körperformen. Und so dekoriert mein Lächeln wenig später den abendlichen Glanz frostverzierter Fensterscheiben. Wobei es nicht nur die Verlegenheit ist, die mich nach draußen blicken lässt, es ist die Welt, die sich mit Schnee und Kälte für den Winter zurechtpudert.

Bevor ich allerdings diese Stimmung als Aggregat meiner erhöhten Pulsschläge werten kann, sehe ich mich urplötzlich einer Vision der Weiblichkeit gegenüber, einem formvollendeten Leib, der sich die Freiheit nimmt, nahezu unbekleidet zu sein, gleich einem Wesen, das den Mythos einer zweiten Haut spazieren führt, übersinnlich bis utopisch, das sich mit sprießenden Brüsten präsentiert, mit allen Vorzügen figürlicher Extravaganz und der offenherzigen Betrachtungsweise, ausschließlich es selbst zu sein.

»Wie ich feststelle, haben Sie den Platz am offenen Kamin gewählt«, begibt sie sich schmuckvoll in den wenig nüchternen Bereich meiner Empfindungen und meint, dass ich bestimmt romantischer wäre als meine kosmonautischen Kollegen. »Die meisten, die ich kennen lernte, bevorzugten die schmale Wirklichkeit einer Raumkapsel. Dabei ist dieses Leben doch nur so gehaltvoll, wie es sich schwärmerisch wecken lässt.«

Gleichwohl ich nun immer noch ihre Anwesenheit auf die Konturen ihrer bezaubernden Erscheinung hin reduziere, zeige ich mich bemüht, die prosaische Sektion meiner Gedanken verbal zu neutralisieren. Derweil ich mir nicht unbedingt sicher bin, bisweilen mehr über meine Lippen zu bringen, als mir soeben noch vom Mund abfällt.

»Die Kunst zu leben«, überspringt sie meine Verlegenheit, »besteht in der Befähigung, sich anderen mitzuteilen und eine gemeinsame Übereinstimmung zu entwickeln. Dabei geht es keineswegs darum, sie mit schönen Worten auszukleiden.« Wirft ihre hübschen Beine übereinander und prophezeit, dass der Mensch in die Bedeutungslosigkeit zurückfiele, wollte er sich ausschließlich der Gravitation seines Egos hingeben. »Wer nicht nur wissen, sondern auch begreifen möchte, wird sich mit der Tatsache abfinden müssen, dass der andere immer auch der eine im anderen ist, nicht selten genau der Teil, den wir so dringend benötigen. Die Welt, die nur noch aus Hinhören besteht, geht in sich selbst verloren, sie ist taub, gefühllos und leer.«

»Es mag sein«, finde ich meine Sprache wieder, »dass wir das Licht der Welt in die Schaufenster persönlicher Eitelkeit verlegt haben und nur noch wahrhaben wollen, was sich von allein versteht. Dabei ist es wenig wichtig zu wissen, wer wir sind und was wir darstellen, wenn nur das Gesicht, welches wir meinen, uns ähnlich ist.«

»Die Gesellschaft«, prostet sie mir zu, »käme in arge Bedrängnis, gäbe es nicht auch die Menschen, die sich in ihr eigenes Spiegelbild verliebten. Möglicherweise hätten wir weniger Narren und entschieden weniger Spaß an den Dingen, die zum Untergang bestimmt sind.«

Und obwohl ich nun mehrere Antworten durchlaufe und mit persönlichen Erfahrungen dieses Gespräch bereichern könnte, erliege ich nach wie vor der Faszination ihres Anblicks, sehe mich an Mund und Lippen gefesselt, gleich jemandem, der in seinen Silben zu erstarren droht. Bisweilen sogar mit dem Eindruck, dass sich mein Körper zu einer riesigen Hand auftut, und dass es kaum etwas gibt, das nicht zu ihr hinüberreichen möchte. Fast erscheint es mir, als müsste ich die gedachten Zeilen gegen endlose Berührungen austauschen, mich selbst gegen den Überschwang ihrer Gegenwart, jener prächtigen Silhouette fernweltlicher Exotik.

»Wie zart doch das Feuer sein kann«, wendet sie sich der Glut des Kamins zu, »wenn man sich seines wärmenden Kolorits bedient und die Wände der Seele hiermit ausleuchtet.« Erhebt abermals ihr Glas und gibt sich überzeugt, dass ich den Blick in die Welt ebenso gut mit einer Sojusrakete genießen könne. Sie selbst würde mich begleiten und wäre sehr froh über diese Chance. Gibt ihrer Figur den tiefen Atem des Stolzes und versichert, dass sie gut trainiert sei, es für sie jedoch ein Jungfernflug würde und insofern ich mir ihrer Anlehnung gewiss sein dürfe.

Natürlich wäre es mir nun ein Leichtes, ihr den Wind entgegen zu blasen, der mich augenblicklich erfasst und meine Brust wie ein Segel anschwellen lässt. Ebenso würde ich ihr bescheinigen können, dass sie sich in ausgezeichneter körperlicher Verfassung befände und talentiert genug sei, diese Tatsache optisch zu unterstreichen. Dieses und vieles mehr läge mir auf der Zunge, manches sogar mit der unwiederbringlichen Realität, es auch buchstäblich so zu meinen. Dass ich mich dennoch nicht sogleich zu einer Antwort hinreißen lasse, stimmt mich persönlich nachdenklicher als sie selbst. Und ohne sich nun gleich meiner Weisheit versichern zu wollen, springt sie wie eine Gazelle auf ihre entzückenden Beine und empfiehlt, den Abend noch für eine Weile in die Disco zu verlagern. Der morgige Tag würde geradezu mit Förmlichkeiten zugedeckt werden und hätte wenig Aussichten, durch die Wolken zu kommen. »Was glauben Sie, was nicht alles durch den Alltag verloren geht,« lächelt sie, »die schöneren Stunden waren immer schon jene, die man in die Nacht verlegt, durchtanzt oder mit einem Glas Champagner verwöhnt.«

»Oder beides«, bestätige ich, wobei ich es vermeide, die Vielfalt dessen, was sich noch hinzufügen ließe, zu erörtern. Zumal mein Blick Stricke der Faszination um ihre Hüften legt und selten so nah um die Begünstigung von Liebreiz und Worten verwickelt war wie in diesem Moment.

Die musikalische Arena, die wir dann betreten, lässt sehr schnell die Befürchtung verstummen, sich im Kasatschok üben zu müssen. Westlicher ist der Westen nicht, weder im Ambiente pulsierender Lichtsäulen noch im Sound abgefahrener Rhythmen. Man tanzt sich in die Hitze der Ekstase und verliert Schuhe und Kleidung, sich selbst und seinen Partner. Man versteht einander ohne Wesentliches zu Gehör zu bringen, man spürt, dass man aufgerufen ist zu leben, dass der Augenblick die Sprache des Fleisches ist, der Quell unermesslicher Sinnlichkeit und die Bereitschaft, dem anderen den Sieg zu schenken.

Inzwischen haben auch wir den Wohnsitz unserer Ohren aufgegeben und sind in einem Meer glitzernder Töne untergetaucht, reiten die Herzattacke schriller Stimmen und den orgiastischen Klang tiefseeschwarzer Bässe, derweil unsere Anwesenheit den textlichen Raum verlässt und sich der Gunst intuitiver Eingebungen verschreibt, sich literarisch der archaischen Urgewalt purer Lippen besinnt und aufzusaugen beginnt, was der Background nicht vorhandener Wortwelten herzugeben hat. Und es sind die unsichtbaren Vereinsamungen, sich gegenseitig den Schnee von den Brüsten zu trinken, der ungestüme Wunsch, sich von sich selbst zu befreien, die verwegene Vorspiegelung, dem Schrei der Laserstrahlen hinterherzueilen, sich tragen zu lassen durch das bunte Blattwerk des Vergessens, ähnlich dem Schmetterling, der seinen zweiten Namen einer Umgestaltung verdankt, die ihn zum Metamorph werden lässt, ihn auskrempelt und der Erinnerung beraubt, wie behäbig sich einstmals die Vergangenheit darstellte.

Während wir überdies unsere irdische Hülle in einem Gebläse von Schaum und Seife versenken, die Seele sich der Reinigung naiver Wirklichkeiten hingibt und die Haut den Duft künstlichen Spermas einatmet, begeben auch wir uns einen momentlang vierarmig in das Wurzelwerk hörbar fließenden Blutes. Kaum eine

Region unseres Körpers, die wir nicht vereinnahmen und mit der lauten Absicht verzaubern, zusammenzuwachsen. Dass wir darüber hinaus den brodelnden Kessel hysterischen Kanibalismusses nicht in den tauenden Morgen zu verlegen gedenken und nötigenfalls gewillt sind, der lasziven Fackel einen Eimer Wasser beizustellen, erklärt sich bereits in der Tatsache, dass wir den Kleister allgemeinen Geschehens nur insoweit auf die Rolle bringen, als wir noch in der Lage sind zu unterscheiden, was der persönlichen Sympathie entspringt und nicht dem Kalkül fremdverklebter Tapeten. Folglich begeben wir uns bald schon wieder hinter die Laserschranken, kehren noch einmal in die Nacht zurück und genießen es, mit unseren Gesichtern die Schneeflocken zu küssen. Dieser Moment scheint sich mit unseren Blicken verständlich zu machen, mit lautlos flirrenden Lichtern, die sanft der Sternenstille entfallen und einem Bewusstsein, das dem Weltall auf der Spur ist, das sich aufgemacht hat, unser beider Seelen heimlich an Land zu ziehen.

KAPITEL 8

»Wer sich vor die Tore Moskaus begibt, wird sich der ultimativen Forderung eines Reitsattels gegenübersehen«, weiß unser Taxifahrer in exzellentem Englisch zu berichten, »und er wird sich fragen, wieso er nicht den Rest des Weges auf die abenteuerlichen Hufe eines Pferdes gebracht hat. Sie sehen, die Bewunderung für diese Metropole ist eng begrenzt, ähnlich der Politik, die den Kreml hütet und das Land vergisst.«

Schaut in den Innenspiegel und erklärt, dass es den freien Menschen mit leerem Portmonee eigentlich nur als Statist geben kann, vielleicht noch als Parlamentarier, keineswegs aber mit der Wahrhaftigkeit, sich selbst oder andere noch ernst zu nehmen.

»Diese Stadt«, sieht sich Lejla bemüßigt, den Monolog verbal aufzufrischen, »verfolgt eine Geschichte kurzbemessener Zigarettenkippen und endlos gedrehter Lockenwickler.«

»Und es sind nicht die einzigen Probleme, vor denen wir salutieren«, so der Fahrer, »Sie vergessen die Kartoffelmieten in den Vorgärten, die Hühner im Stall der dritten Etage oder den Eisvogel in den Brutplätzen frostiger Fensterscheiben.«

»Illusionen haben den Reiz des Untergangs einkalkuliert«, entgegnet Lejla, »nicht aber die Flügel, mit denen sie abheben könnten. Die Menschen sollten ihre Befähigungen in die Bewältigung der Ängste einbringen und nicht ausschließlich in den Kampf um die Verbesserung allgemeiner wirtschaftlicher Situationen. Wer darauf wartet, was zu tun ist, wird mit den Amseln der Geschwätzigkeit ins Bett gehen und mit den Drosseln der Ahnungslosigkeit wieder aufstehen.«

Während wir so den Irrgarten von Straßen hinter uns lassen und die schwerfälligen Sporen Richtung Sternenstädtchen reiten, gibt sich die Kollegin neben mir die Ehre, mit dem Chauffeur des

Unternehmens russisch zu sprechen. Gelegenheit für mich, darüber nachzudenken, wie sich ihr hübscher Kopf inhaltlich bewerten lässt. Bisweilen scheint sie so viel über mich zu wissen, dass sie ebenso gut meine Seele bewohnen könnte. Da geschieht es mir, dass sie bereits mitten in meinem Leben steht, gleichwohl ich der Pforte dieser himmlischen Vorsehung immer noch über die Klinke streiche. Zweifelsohne kommt sie meinem Inneren derweil näher als ich selbst, gelingt es ihr, den snobistischen Wildwuchs meiner Eitelkeit auf die erhellende Tatsache hin zu beschneiden, dass Distanz die Strecke ist, die man schnell wieder vergessen sollte, und dass dieses Leben nur dadurch existiert, dass es sich die Chance bewahrt, emotional zu denken. Der Weg der Erkenntnis, scheint sie mir zuzuflüstern, führt entlang der Haut und nicht in die Leere des Raumes. Nur wer dokumentieren kann, was er empfindet, wird seine Worte ans Tageslicht befördern. Sicherlich ist dies nicht die einzige Möglichkeit, den Sinn der Sprache zu erfassen, vielleicht aber die interessanteste, wobei die Girlanden dieser eitlen Wahrnehmung sich der schmucken Fügung bedienen, schon vor einer Weile an die entsprechende Decke gebracht worden zu sein. Welche Karten ich auch immer dabei aufgreife, es werden zu viele sein, um sie intelligent genug auf die Hände zu stecken. Dennoch bin ich entschlossen, dieses Spiel zu spielen. Die Überraschung ist der Diener jeder Entscheidung, eventuell sogar ihr persönlicher Ratgeber.

Und so begebe ich mich ideell wie konsequent ins Tauwerk purer Sinnlichkeit, umwickle meine Haut mit einer Reihe von Zündschnüren, füge mich der Reibung blankgerutschter Schenkel und stelle mich dem Gefecht sensitiver Explosionen, nicht zuletzt der Tatsache zuliebe, dass Gefühle die Logik des Schicksals voraus haben, und dass das Paradies im edlen Verständnis ein kleingeistiger Schrebergarten sein müsste, würde sich nicht die Schlange darin aufhalten. Nachdem ich so ihre Existenz auf den hehren Sockel vollendeter Weiblichkeit stelle und der göttlichen Inspiration folge, dass das Wasser den Weizen keimen lässt und dass gedankliche Gelüste dem körperlichen Verbrauch williger gestimmt sein müssten als dem trockenen Design puren Hinschauens, besinnt sich der hellzarte Falter neben mir wieder der englischen Sprache und erklärt, dass unser Chauffeur Professor der hiesigen Universität sei und sein spärliches Gehalt durch Taxifahren aufbessere.

»Der Rubel, wie du siehst, braucht die Straße zum Rollen, mit dem Intellekt schreckt man ihn nur ab.«

»Arbeit um des Geldes wegen ist die ehrlichste Entschuldigung dafür, nichts Wesentliches geleistet zu haben«, untermauert er ihre Aussage, »Wir haben ein politisches Ziel, das Demokratie heißt, nun geht es darum, es mit der passendsten Währung einzulösen.«

»Am Anfang einer Affäre«, erwidere ich, »gibt es keine Konsequenzen, das Neue huldigt dem Reiz des Unbekannten, und das Unbekannte gibt sich so aktuell, dass man sich ein schlechtes Gewissen einhandelt, wenn man darüber hinwegsieht. Es ist der Augenblick, da sich das Leben in zwei Hälften teilt, in die neugewonnene Realität und in den alten Irrtum. Zu viel Wahrheit beeinträchtigt die Geschäftsführung der Politik. Nichts bringt den Staatskünstler mehr aus der Fassung als die Vorstellung, er müsste der Idee des Volkes entsprechen.«

»Bedauerlicherweise hat uns der Glaube nie über das Wissen hinweggeholfen«, ermittelt unser Professor, »vor allem, wenn man im Nachhinein diesbezüglich klüger geworden ist.« Führt darüber auf, dass politische und moralische Veränderungen, die mit Kalk und Kesselstein groß geworden sind, sich nie als besonders erfolgversprechend erwiesen haben. Glasnost war die Poesie einer Sprache, die mit zierlichen Kleidern diktierte, was plumpe Körper tragen mussten.«

»Wer die Zukunft nicht verpassen will«, halte ich fest, »muss mit dem, was heute geschieht, ins Reine kommen. Vor allem aber sollte er sich geduldig zeigen. Die großen Vorhaben lassen sich nur über die vielen kleinen Dinge realisieren. Sicherlich fehlen dem Frühling ganz einfach noch die Nester, die ihn verdienter machen.«

»Dieses Land hat sich selbst noch nicht entdeckt«, mutmaßt der Fahrer, »weder in seiner Schönheit, noch mit seinen unermesslichen Bodenschätzen. Es sitzt immer noch hinter dem Ofen und spielt Mütterchen Frost. Man könnte es sogar mit einem klassischen Buch vergleichen, jeder hat es im Schrank, nur die wenigsten wissen es zu lesen. Aber Sie mögen Recht haben, wer den Meister anstrebt, muss dem Schüler in sich Rechnung tragen.«

Derweil nun die eine Ansicht noch die andere ergibt, und die eine Frage mit der nächsten vorstellig wird, sind wir dann auch am Ziel unserer Reise angelangt. Um ehrlich zu sein ist es eigentlich nur eine unbedeutende Schranke, die sich vor uns auftut, dabei hätte ich wetten mögen, dass hier die Träume wohnen, und der Himmel über dieser Stadt heller leuchtet als irgendwo anders. In Wahrheit jedoch gibt sich das Licht so farblos wie überall sonst auch, läuft die Sonne blank die Häuserfronten hinunter, ungehindert und grell.

Als ich so die Welt vor mir betrachte, benutzt Lejla ihren Kopf dazu, das schmächtige Gehalt des Uniprofessors mit einigen abgegriffenen Dollarnoten aufzufrischen. Nicht, dass ich mit leeren Taschen angereist wäre, offensichtlich jedoch scheint der Verstand, der in ein schmaleres Portmonee blickt, um einiges schneller zu florieren.

»Sie wollen aber nicht mit ihren Koffern anwachsen«, begibt sich Lejla amüsiert in den Schatten meiner Verlegenheit, »zwischen hier und anderswo gibt es nichts Langweiligeres, als betroffen dazustehen.«

»Die Sorglosigkeit ist ein preiswertes Unternehmen«, entgegne ich, »die Revanche steht Ihnen offen.«

»Und es wäre tragisch«, pirouettiert sie die Eisfläche meiner überhöhten Wahrnehmung, »wenn Sie sich nicht eingeladen fühlten. Das Leben ist oftmals mehr als das, was wir darüber zu berichten wissen, es ist die Geste universellen Zusammenlebens. Von daher ist es also wenig von Belang, sich so wichtig zu nehmen. Sollten Sie dennoch Probleme damit haben, steht Ihnen die Möglichkeit offen, sich anderweitig erkenntlich zu zeigen. Die Tage im Orbit werden sich dahinziehen und einiges von uns abfordern, mit und ohne Geld.«

Inzwischen gewinne ich den Eindruck, dass ich nicht nur ihren Worten hinterhereile sondern auch ihren forschen Schritten, und dass das, was unter meinen Füßen zu wachsen beginnt, mehr als purer Schnee ist. Aber wie immer ich auch meine Größe auslege, hier in Russland muss man immer ein paar Zentimeter davon abziehen. Lejla, die meine selbsterwählte Behinderung in Augenschein nimmt, meint, dass ich die Normalität zu Konflikten sicherlich sehr bald wieder herstellen werde. Kommt auf den Wunsch der Kommandeure zu sprechen, die mich gerne im Outfit der NASA begrüßen möchten und empfiehlt, dass ich ihnen diesen Gefallen schon gewähren sollte. Es läge nun mal in ihrer soldatischen Etikette, sich mit gehärteten Bügelfalten zu begegnen, weniger aus der Not ihres Gewissens als der simplen Tatsache entsprechend, sich dadurch einen besseren Halt zu verschaffen.

»Sie möchten betonen«, schließe ich auf, »dass die Ereignisse ihre Schatten voraus haben und darauf warten, bewundert zu werden.«

»Wer sich selbst gefunden hat«, lacht sie hintergründig, »sollte sich nicht so ernst nehmen. Der wahre Charakter zeigt sich in der Größe, die man gegebenenfalls auch neben sich ertragen kann.«

Inzwischen haben meine neuen Kollegen und ich den geistigen Konsens an die Küste Trojas verlegt. Sowohl im Sinne der berühmtesten aller Schlachten als der meisterlichen Destillation russischen Wodkas zuliebe. Während die einen sich der Überzeugung hingeben, dass ein hölzernes Pferd her musste, um sich der Geschichte anzunehmen, kommen die anderen zu der Einsicht, dass Troja ebenso gut für Atlantis stehen könnte, für Reichtum und Macht, aber auch für Ungewissheit und die Ängste dieser Welt.

»Das Geheimnis der Macht«, erklärt sich Lejla, »wohnt in uns selbst, hinter archaischen Ruinen und neurotisch klingenden Stimmgabeln. Wer dorthin will«, lächelt sie überlegen, »muss Troja nicht erst kennen lernen.«

»Die Politik«, so ein Armeegeneral, »ist die Kunst, die Einbildungskraft der Leute nicht durch die Wirklichkeit zu entwöhnen«, und führt auf, dass sich Troja nicht einmal topographisch veranschaulichen ließe. So wusste Homer von einer Stadt zu berichten, die über 35.000 Menschen beherbergt haben sollte, der Hügel aber, auf dem sie gelegen war, würde nicht einmal ein Zehntel der dazu erforderlichen Fläche ausmachen. Außerdem wäre zu bedenken, dass die Achäer, die mit ihnen im Kampf gelegen haben sollen, mit ihren schweren, dreißig Meter langen Schiffen in dem damaligen Sumpfgebiet der Küste stecken geblieben sein müssten.

»Sie sehen«, wendet sich Lejla der Runde zu, »man muss schon Generalstabsoffizier sein, um der Historie ihre wahre Bedeutung zurückzugeben.«

»Wissen ist ein dünnes Streichholz«, bemerkt Oberst Nicolai, »es muss sich reiben, wenn es zünden will, und dann auch nur solange, wie sich niemand anschickt, es auszupusten.«

»Womit Sie zum Ausdruck bringen möchten«, schließt Lejla auf, »dass alles vergänglich ist, selbst die Wahrheit, und dass es keine Privilegien gibt, weder für die Dummen noch für die Bessergestellten.«

Es ist schon einigermaßen erstaunlich, wie problemlos die russischen Kollegen mit Problemen umgehen. Für sie ist die Weltgeschichte das Relikt einer bis auf die Knochen abgemagerten Realität, für alles und nichts tauglich und eigentlich kaum der Rede wert. Und wenn sie wie hier über Troja reden, könnten sie ebenso gut Moskau meinen, ein besonderes Gewissen, irgendetwas, das spricht, um gehört zu werden. Doch bevor ich dazu komme, meine Gedanken schlüssig über den Alkohol zu schicken, löst der anwesende Chefastronaut den Kreis auf, heißt mich noch einmal herzlich willkommen und verspricht, dass ich sie jederzeit in Anspruch nehmen könnte. Im Allgemeinen sei zwar für alles gesorgt, dennoch wäre es unchristlich, behaupten zu wollen, es gäbe nur Selbstverständlichkeiten.

»Wir haben Ihnen zwar einen ambitionierten Engel zur Seite gestellt«, lacht er viel sagend, »aber wie Sie bereits bemerken durften, nicht so beherrscht, als könnten Sie sich neben ihr bedingungslos in den Schlaf legen.« Erinnert daran, dass morgen ein anstrengender Tag ins Haus stünde, und die Hirnzellen schon einige Zeit bräuchten, um den Dämon Alkohol über die Puste ins Freie zu verschicken.

»Ach nein«, fühlt sich Lejla angesprochen, »bisher ging ich davon aus, die russische Seele hätte diese Geister hauszahm gemacht. Jedenfalls sehe ich niemanden, dessen Hirnzellen um die Gunst des kommenden Tages fürchten müssten, nicht einmal der puren Sympathie zuliebe.«

Kapitel 9

Wenn etwas schwerer wiegt als das Leben und der Tod, dann ist es dieser Zustand, der beides voneinander trennt, jener Moment, wenn das Licht sich mit dem Schein einer Koralle vermischt und eine neue Wirklichkeit an die Augen heftet. Dieses Gesicht, das den Luftzug zweier Welten spürt, scheint in eine Drehtür geraten zu sein, eine Reise angetreten zu haben, die sich ins Unendliche fortpflanzt, die alles, was gestern war, einzuschmelzen droht, alles, was ist und alles, was noch sein wird. Wenn es das ist, was mir derzeit widerfährt, bin ich mir fast sicher, den Frieden in mir als Taube oder als heiliger Geist zu bewohnen. Gewiss hat mich etwas über das Vergessen hinausgeworfen, gibt es das, was den Raum um mich ins Nichts stürzen lässt und meinem Bewusstsein Löcher aufsetzt, das mich aus der Sprache des Augenblicks schneidet und meine Fußspuren auslöscht, so ganz um mich der Notwendigkeit zu berauben, einen Körper zu besitzen. In dieser Erscheinungsform benötigt man weder den Anfang noch das Ende. Was man tut, erkennt man, ehe es geschehen ist, man begegnet seiner eigenen Vorhersage, liest Texte, die noch nicht geschrieben sind, hört Musik, die von Wolke zu Wolke springt und von ihrer Partitur erst noch befreit werden will. Dieses Ich, das sich mit dem Gefieder des Windes schmückt, scheint gekommen zu sein, um sich von sich selbst zu lösen, nicht zuletzt von den Dingen, die wir Zeit nennen, dem Gestern und Heute, dem Vergänglichen und Realen.

Während ich so zwischen den beiden Spiegeln meines Ichs verloren gehe und mich gleich einem Fragezeichen krümme, geschieht es mir, dass mir meine eigene Gegenwart auflauert. Irgendwo zwischen Sein und Nichtsein, wo das Licht seinen Schatten wieder findet, zwischen Verschwinden und Erscheinen, klebrig und schlecht gelaunt, bisweilen sogar mit der nachhaltigen Überredungskunst, es gäbe nichts Besseres, als in sein Äußeres zurückzukehren. Es ist nicht Tag, und es ist kein Traum, man schaut zurück und sieht, wo man hingeht.

»Du weißt, was du zu tun hast«, höre ich jemanden reden, »gleich wird er sein Bewusstsein erlangen und sich fragen, was geschehen ist. Er wird glauben, man hätte sich gegen ihn verschworen, und er wird jeden von uns in Verdacht ziehen. Vermitteln Sie ihm also das Gefühl, dass alles wieder in Ordnung kommt.«

Nachdem ich meinen Kopf so einigermaßen von der Last der Leere befreit habe, gelingt es mir dann auch, den Stimmen Gestalt zu geben. Neben einigen mir bekannten Leuten ist es Lejla, die sich über mich beugt und mir die Stirn hält.

»Es ist nicht das Jüngste Gericht«, lächelt sie mich an, »weder Zeus noch Hermes. Die Herren, die Ihnen hier die Ehre geben, sind Ihre werten Kollegen. Das, was Ihnen im Moment wie Honigwatte auf den Augen liegt, ist solide besehen ein Kreislaufkollaps, hervorgerufen durch einen Computerfehler in der Zentrifuge. Bis dato sogar mit dem achtbaren Ergebnis, einen Weltrekord dabei aufgestellt zu haben.«

»Und ich dachte schon«, sammle ich meine fünf Sinne auf, »ich befände mich im Geburtskanal des Jenseits, gemangelt, gebügelt und gewrungen, als ginge es darum, mich auf die weißeste Wäsche meines Selbst zurückzubleichen.«

»Gott sei Dank kamen Sie mit Ihren Visionen schneller voran als mit Ihrer Seele«, so der Chefastronaut, »ein echter Wanderfalke lässt sich nicht so leicht seiner Beute berauben. Morgen werden Sie gewiss wieder auf Ihrem Posten sein und mit der Wetterkarte der Sterne Ihre höchstprivaten Prognosen wagen. Natürlich wird es auch ein Tag sein, an dem wir ergründen wollen, wie es zu diesem Zwischenfall kommen konnte.«

»Aber das sollte nicht Fishers Sorge sein«, winkt Lejla die Anwesenden aus dem Zimmer, »Sie brauchen erst einmal Ruhe. Jetzt darüber nachzudenken, ob es Sabotage war oder technisches Versagen, wäre überstürzt und wenig erfolgversprechend. Zudem käme es den Nachforschungen sicherlich besser zugute, wir würden erst einmal in Erfahrung bringen, wie wichtig Sie sind. Vermutlich ist das Interesse, welches man Ihnen zugesteht, viel größer, als wir alle ahnen.« Schränkt allerdings ein, dass ich vielleicht ganz einfach auch zwischen zwei Stühlen geboren bin, und mir gerade so viel geschieht, dass ich immer wieder mit einem blauen Auge davonkomme.

»Ähnlich müssten sich Eiskunstläufer fühlen«, gibt sie ihren Lippen die Süße eines Lächelns. «Würden sie nicht hin und wieder auf den Hintern fallen, gäben sie sich kaum dieser Faszination hin.« Zeigt sich dann jedoch überzeugt, keinen besonders guten Treffer gelandet zu haben, entschuldigt ihr vorlautes Geschwafel und versichert, dem Fahrwasser der Fantasie künftig weniger Auftrieb zu geben.

»Würden wir nur das sagen, was der andere hören möchte«, versuche ich ihr Lächeln zurückzugewinnen, »eilten wir geradewegs dem geistigen Bankrott entgegen. Wer den Tanz auf dem Eis will, muss die Rillen, die ihn zu Fall bringen könnten, in Kauf nehmen. Offensichtlich gibt es diesen Konflikt, der uns als Segel an den Mast bindet, und das latente Bedürfnis, den Sturm auf seine Seite zu bringen.«

»Sie haben während Ihrer Ohnmacht tief Schürfendes erfahren dürfen«, so Lejla, »vielleicht sogar so viel, dass Sie sich davor hüten sollten, es mit einer Posaune zu beatmen. Die Zugvögel, die Sie damit anlockten, wären dieser Ehrlichkeit gegenüber möglicherweise weit geringer aufgeschlossen, als Ihnen dies für den Augenblick zuträglich sein könnte. Da hilft es dann auch sehr wenig, dass Sie derweil der behütetste Astronaut östlich und westlich des Urals sind. Zumindest bis zur näheren Klärung dieses Vorfalls und den Moment, da Sie sich wieder als Terminator fühlen dürfen und mit glühenden Dioden zwischen Achselhöhle und Unterkiefer Ihren eigenen Schutz übernehmen können.«

»Das alles kommt sehr plötzlich«, bemühe ich mich, den Auswanderungsprozess meines Kopfes über die Kissen zu befördern. »Einerseits dreht sich immer noch die Decke über mir, zum anderen komme ich mit Hirngespinsten ins Benehmen, die um jedes bisschen Ohnmacht bestrebt sind und mir zuflüstern, dass das, was ich an mir entdecke, nicht der Vermutung entbehrt, prinzipiell für etwas anderes gedacht zu sein.«

»Die wahre Form des Daseins«, formuliert Lejla, »hat den Jüngsten Tag mit in die Wäsche genäht, insofern sollten wir nicht verzagen, wenn uns der Tod oftmals näher ist als das eigene Hemd. Dieses Universum«, gibt sie sich nachdenklich, »existiert außerhalb aller Tage in einem Raum, der alle Möglichkeiten einbindet und in einer Zeit, die nie wirklich stattgefunden hat.«

Beugt sich über meinen Körper und entschließt sich, meine Stirn mit dem heißen Stempel ihrer Lippen sinnlich auf Reisen zu schicken.

Es gibt Praktikables und Kurioses, und es gibt die beiden Begriffe in trauter Gemeinsamkeit. Folglich stehe ich so da, als hätte die Sprache, mit der ich meine Monologe führe, kaum etwas von dem, was ich selbst bin. Wie immer ich also mein Unglück auch werten mag, es mit Lejla in Verbindung zu bringen, wäre schon eine Sünde wider der Natur. Das, was sie zu veräußern hat, ist der unausgesprochene Applaus zwischen den Stimmen, die alles vergessen lassen, und sie ist mit den Silben das, was andere nicht mit Worten zu erreichen vermögen. Andererseits komme ich meinem Verstand keinen Zentimeter näher, wollte ich sie bei meinen Überlegungen aussparen. Manchmal erscheint es mir, als wäre ich in die Luftblase eines Gedankens geraten, in die Unwirklichkeit von Illusionen, die ausschließlich dazu gedacht sind, Tatsachen zu verhindern. Letztlich ist es dann die Ohnmacht, die mich zurückblicken lässt, jene Situation, in der ich geistig abgetreten war, die mir dennoch das Gefühl vermittelt, unentwegt geredet zu haben. Erinnerungen, die sich im Staub muffiger Kreide materialisieren und mir bisweilen mit konkreten Düften hinterhereilen. Was immer also dahinter stecken mag, es fällt mir schwer, meine Befürchtungen ins Nichts zu blasen. Bedrückenderweise schüren sie in mir sogar den Verdacht, ausgehorcht worden zu sein. Andererseits überraschen mich die pennälerischen Reflexionen und ihr naiv konstruiertes Ambiente. Aber wie das nun mal so ist, haben vage Vorstellungen wenig Chancen, ernst genommen zu werden, außerdem würde ich den Frieden, den ich im Allgemeinen genieße, nicht sicherer machen.

»So ist das also«, stellt sich Lejla langbeinig in die Tür meiner verstreuten Sinne, »wer ohne Sünde ist, tut dem Glauben keinen Gefallen. Offensichtlich war die Welt immer schon das, was wir an uns entdeckten, die Summe vieler Zugeständnisse, zuweilen sogar mit der Perspektive, dass der Boden unter den Füßen uns schrumpfen lässt, je näher wir ihm kommen.«

»Also ein ganz normaler Vorgang«, wende ich mich der heiteren Betrachtung zu. »Geist ist die angenommene Wirklichkeit zu einem höchst unbestimmten Tatbestand, die Episode Mensch, jene brisante Virtuosität, Göttliches an Mephisto zu verschenken.«

»Wahrscheinlich ist jede Möglichkeit vorstellbar«, bemerkt Lejla, »wenn wir über Logik sprechen, meinen wir nichts Konkretes. Ebenso gut könnten wir unsere Gefühle damit ansprechen, unsere Ängste und Gelüste. Menschsein, das ist der erweiterte Lebensbereich, die Dinge so oder anders zu sehen, das Szenarium der Vergänglichkeit, die Einsicht, dass jede Überzeugung nur solange währt, wie sie nicht durch eine andere ersetzt wird. Das Thema«, wertet sie unser Gespräch, »ist so tragfähig, dass wir es ins Kasino verlegen sollten.«

Begibt sich in den Sog ihrer Aussage und resümiert, dass es schade wäre, nicht andere daran teilhaben zu lassen.

»Wer den Brunnen der Eingebung in seiner Reinheit erhalten will«, schließe ich auf, »sollte seine Meinung unverblümt an den Wind binden. Die Wahrheit ist selten wahr, selbst wenn sie sich von ihrer besten Seite zeigt. Nichts ist so sauber geartet, als dass es nicht auch ein bisschen schmutzig sein könnte. Vor allem aber sind es die mutwilligen Eseleien, die der mildtätigen Gewissheit ihren gnadenlosen Anstrich geben, die so genannten Irrtümer, die sich still und wohlig etablieren, gleich dem Weihnachtsbaum, der mit Geschenken verspricht, was seine Kunden mit Tränen und Scheinheiligkeiten unter ihm vergießen.«

»Hört man Sie reden«, gesellt sich der Offizier vom Dienst, Oberst Nicolai, zu uns, »könnte man auf die Idee kommen, Sie hätten ein besonderes Verhältnis zum Sauerstoff und nützten die Aveolen der Lungen dazu, sich in einen verbalen Rausch zu versetzen.«

»Wussten Sie nicht«, lächelt Lejla ihn an, »dass sich der Kosmonaut dadurch zu erkennen gibt, dass er das Bullauge zum Inbegriff aller Schöpfung gemacht hat, und dass er mit jedem Wort, das ihm ins Oberlicht fällt, in Trance gerät, derweil der Atem natürlich eine ganz besondere Rolle spielt. Mit ihm inhaliert er die Befindlichkeit des Daseins, jene Geschichte, die sich aus Sprache und Sauerstoff zusammensetzt und in der Annahme existiert, Gestalt und Form zu sein. Atmen wir ein, annektieren wir ein Stück Außenwelt, atmen wir aus, vermischt sich Intelligenz mit der Materie, und wir geben dem Geschehen die Chance, sich zu entfalten.«

»Sie möchten zur Kenntnis bringen«, entgegnet er, »dass die 300 Millionen Lungenbläschen gedanklich bewegt werden müssten, wollten wir der geschichtlichen Wahrheit zu einer besseren Ansicht verhelfen.«

»Jeder Tag ist ein verlorener Tag«, gibt sich Lejla amüsiert, »wenn uns die Luft dazu fehlt, tief durchzuatmen, wenn sich das Blut dem alkalischen Bereich nähert und Stress und miese Laune die Menschen hyperventilieren lässt. Sie sehen, nicht alles stellt sich so dar, wie es verstanden werden will. Manches, was wir nicht begreifen, setzt sich ganz einfach aus Stickoxiden zusammen. Aber sicherlich ist es nicht das, womit Sie sich uns anschließen möchten, Sie schauen so aus, als hätten Sie etwas Konkreteres anzubieten, vielleicht liegt Ihnen ja auch der Termin für die Reise in den Orbit auf der Zunge, und Sie genießen es, uns in Spannung zu versetzen. Sollten Sie also die Trompete in der Hand halten, könnten Sie ja möglicherweise ihr Mundstück dazu benutzen, es mit ein paar leisen Tönen zu erwärmen.«

»Da Sie schon so andächtig fragen«, so Oberst Nicolai, »will ich Ihnen nicht vorenthalten, dass der Flug nach Baikonur übermorgen in aller Herrgottsfrühe stattfindet. Dies allerdings nur zu den Fakten, die endgültige personelle Besetzung möchte der General selbst bekannt geben.«

»Sie wissen also mehr«, mutmaßt Lejla, »Sie dürfen zwar nicht sagen, was Sie denken, könnten aber schweigen, wenn sich an der einstmaligen Festlegung nichts geändert hat.«

Nachdem nun einige Sekunden vergehen und die Situation in der Luft zu baumeln scheint, hüpft Lejla gleich einer Gazelle aus dem Stand an die Decke, greift nach seiner übergroßen Dienstmütze, küsst höchst stürmisch ihre Kokarde, salutiert mit allen Vorzügen explosiver Weiblichkeit gegen die epochale Größe eines Juri Gagarin Gemäldes und beschwört, nichts unversucht zu lassen, Russland bei seinem Vorstoß ins Weltall eine würdige Vertreterin zu sein.

»Etwas weniger Temperament und etwas mehr Etikette würden Ihrem Enthusiasmus durchaus zuträglicher sein«, enttarnt sich urplötzlich die Stimme des Generals hinter uns. »Vor allem aber sollten Sie Ihr leidenschaftliches Engagement nicht dazu missbrauchen, Offiziere meines Stabes zu voreiligen Aussagen zu bewegen.«

Dreht die ausgeleierten Knöpfe seiner Uniformjacke zu einem strafferen Ansehen auf und versichert, sich mit einer Sojusrakete nachschießen zu lassen, würde sie ihren persönlichen Eifer über den Dienst der Sache stellen. Genießt für eine Weile den Volltreffer, den er auf unseren Gesichtern gelandet hat, grüßt mit Anlegen der Hand an die Kopfbedeckung in die Runde und bemerkt, ähnliche Episoden künftig in seinem Dienstzimmer zu verhandeln.

Nachdem nun der General die nächste Kurve passiert hat, kommt Oberst Nicolai zu der sinnigen Bemerkung, dass es nichts Einleuchtenderes gibt, als die Sterne auf einer Uniformjacke. ›Wie sagt man da so schön, Anpassung ist die Stärke der Schwachen.‹

»Aber auch die Stimme der Besorgnis«, entgegne ich, »was sich nicht krümmt, wird nie ernsthaft zu Tage treten, es ist eine Pflanze ohne Rückgrat, ein Faden, der ohne Nadel durch den Anzug muss, der nichts bewegt, aber alles halten soll.«

»Wie gescheit wir uns also auch anstellen«, greift Lejla meine Worte auf, »der Gefreite gehorcht dem Unteroffizier, der Unteroffizier dem Feldwebel, jener wieder dem Offizier, und so weiter und sofort. Bis da oben jemand steht, der das Ganze wieder nach unten delegiert. Schließlich ist Verantwortung ja kein Privileg für Bessergestellte.«

»Wäre der Ehrgeiz als Zwerg zur Welt gekommen«, so Oberst Nicolai, »ginge die Hierarchie möglicherweise von oben nach unten und wer weiß, dann sogar mit grundsätzlichen Standpunkten, den eigenen und den verkehrten, aber das sollte nicht Ihre Sorge sein.« Wünscht uns einen angenehmen Flug und gibt sich der Hoffnung hin, wir mögen gesund und geläutert in den Schoß der guten alten Erde zurückkehren.

»Sie haben es vernommen«, schaut mich Lejla an, »der Diplomat weiß zwar auch nicht mehr als alle anderen, aber er verteilt seine Intelligenz besser.« Kehrt fröhlich in die Schuhe ihrer beschwingten Laune zurück und beteuert, dass sich Gott sei Dank nichts so endgültig darstellt, wie einige es für sich in Anspruch nehmen.

KAPITEL 10

Jeder Start in den Weltraum hat seinen eigenen Gefrierpunkt, ungeachtet dessen, dass die Hitze, mit der sich die Rakete in den Himmel hebt, dem geöffneten Schlund eines tätigen Vulkans ähnelt. So gesehen passiert eigentlich alles, womit man in die Hölle verschickt werden könnte, alles, womit man seine Torheiten entdeckt und nichts, womit sich etwas rückgängig machen ließe.

»Wenn es das ist, was Ihnen im Kopf mitspielt«, meldet sich Lejla, »dann habe auch ich soeben eines Ihrer Erlebnisse verspüren können. Mir war, als würde ich in den Anfang allen Geschehens fliegen, dorthin, wo die Dinge noch ohne Namen sind, und Gedanken den Ursprung ihrer Geburt voraus haben.«

»Hebt man auf der Erde einen Stein hoch«, erwidere ich, »hat man Millionen Erinnerungen in der Hand, hier oben hingegen weiß man mit einem Male, woraus sie gemacht sind.«

»Ihren Worten entnehmen wir, dass Sie den Start gut überstanden haben«, gibt sich das Kontrollzentrum die Ehre, unser Gespräch irdisch auszuwerten. Schickt die Kamera in die Runde sich befriedigt zeigender Mitarbeiter und wünscht uns weiterhin einen erfolgreichen Aufenthalt und anregende Unterhaltung mit den Stimmen des Alls.

»Es ist nicht die Tragödie Erde, die wir in Augenschein nehmen«, gibt sich Lejla ihrer Betrachtung hin, »nicht das Sternbild des Schreckens, es sind Buchstaben einer Sprache, die neu geschrieben werden müsste. Dieser Planet hätte es verdient, bewundert und vergöttert zu werden, zumal es sich nicht so andichtet, als hätte die Welt anderswo Attraktiveres hervorgebracht.«

»Aber da ist immer noch der Mensch«, bekennt sich Kosmonaut Wassiljew, »er hat den Fisch mit blutiger Kieme an Land gezogen, und er hat es nie besser gewusst. Hätte er es humaner versucht, gäbe es uns heute möglicherweise nur als Ameise oder Heuschrek-ke.«

»Wenn wir es nicht schon sind«, beeilt sich Lejla, ihre Aufregung unterzubringen, »wir haben unsere Seelen zwischen Beton und Atomen abgelegt, minuziös verfrachtet, aufgespalten und dekliniert, wir haben die Angst vor das Böse gestellt und den Scheiterhaufen dazu angezündet. Wir geben uns poetischer als die Propheten, und wir foltern und schinden uns entlang der Ehrbarkeit unseres Gewissens, nötigenfalls durch Tod und Verderben. Wir sind der schwarze Tiger in der Nacht und die Erdbeere, die unser Blut reinwäscht, die Stimme der Andacht, mit der wir uns lossprechen für neue Schandtaten.«

»Nun muss man nicht gleich ins Grübeln kommen, wenn einem zum Schwärmen zu Mute ist«, meldet sich Oberst Nicolai über den Bildschirm, »bedauerlicherweise haben die Leute nie genau in Erfahrung gebracht, was ihnen Faszination wert ist. Sie haben zwar das Paradies bewohnt, jedoch vor Einfallslosigkeit nicht gewusst, was sie darin zu suchen hatten. Dennoch wäre es blasphemisch, behaupten zu wollen, die Historie der Menschheit wäre damit besiegelt. Sie selbst sind dazu bestimmt, an Ihrer Zukunft mitzuarbeiten, halten Sie also die Augen auf und schreiben Sie mit. Das Buch der Geschichte ist offen genug, um es mit neuen Impulsen zu bereichern. Vergessen Sie dabei allerdings nicht, dass Sie Ihren Überblick ebenso charmant dem Kontrollsystem widmen sollten, geringe Abweichungen sind immer möglich und bisweilen durchaus ganz normal.«

»Wie würde es sein«, kommt Wassiljew auf den Ausgangspunkt unseres Gespräches zurück, »wenn Sie auf dem Schutt Ihrer Vergangenheit ein neues Eldorado wachsen ließen und sich mehr um die Dinge bemühten, die hier und jetzt passieren. Die Zeit, in der wir leben, hat den Tod der Vergangenheit eingeplant, und so wie es ausschaut, kommt sie bestens damit zurecht.«

Und nachdem wir dann auch die alten Irrtümer auf die Sensibilität des Augenblicks verlegt haben, meldet sich Oberst Nicolai mit den Worten, wir mögen doch bitteschön dazu übergehen, unser Augenmerk auf den Bordcomputer zu richten. Nicht zuletzt eine Korrektur der Flugbahn schneller als befürchtet notwendig erscheint. »Wie sagten Sie doch«, lächelt er uns ins Gewissen, »nicht das Alltägliche lässt uns reifen, sondern die Fähigkeit, mit unerwarteten Einflüssen fertig zu werden.«

Und als dann unsere Raumfähre auch wieder den alten Kurs aufgenommen hat, wir die technischen Werte mit denen unseres Cockpits verglichen haben, begibt sich Lejla in den Schwebezustand sinnlicher Entkostümierung, derweil nicht zu überhören ist, dass diese Entscheidung auf der Bodenstation Anklang findet und zuweilen mit Beifall quittiert wird. Obgleich sie kaum Diverses aufzuknöpfen gedenkt, sehe auch ich die Reize, die ihren Körper freigeben, und ich spüre, wie sie die Luft der Kabine erzittern lässt. Für den Moment sogar kommt mir der Gedanke, dass Figürlichkeit und Erotik die wahren Keimlinge des Lebens sind. Jedenfalls wäre es unfair behaupten zu wollen, die Schöpfung hätte bei ihr die Proportionen falsch angelegt oder mit Kurven gespart. Um Erotischeres hinzufügen, es gelingt ihr, die nüchterne Symmetrie unserer Kabine im Übermaß zu bereichern, zuweilen mit der besonderen Art von Wahrheit, die dem Tag das Licht beschert, jener metaphysischen Hinwendung, die mich beim Namen ruft, mein Herz höher schlagen lässt und dem Begehren entgegeneilt, sie in meine Arme zu schließen.

»Wie wäre es«, signalisiert Wassiljew, »wenn Sie den unfreiwilligen Kopfständen Lejlas Einhalt gebieten würden und ihr beim Auskleiden ein bisschen behilflich sein könnten. Sie weiß zwar, wie es geht, nicht aber, wie es sich kontrollieren lässt.«

»Und ich dachte«, halte ich fest, »dies sei ein nationales Problem, und Sie würden jeden Moment eingreifen.«

»Wie man sich doch täuschen kann«, kommt Lejla ins Gespräch, »offensichtlich ist man verlassen, wenn der eine sich auf den anderen verlässt. Mit Charme etwas zu erklären zu versuchen war schon immer ein müßiges Unterfangen.«

»Vielleicht sind wir ja auch ganz einfach nur schüchtern«, besinnt sich Wassiljew, »bei so vielen weiblichen Kurven kommt der

Verstand des Mannes schneller ins Schleudern, als er den Fuß vom Pedal nehmen kann.«

Aber so sehr wir auch ihrer Aura traumatisiert erlegen sind, gelingt es Lejla, sich mit wundersamen Bewegungsritualen der Widerspenstigkeit ihres Raumanzuges zu entledigen. Stellt sich in den Sprengsatz ihres Körpers, bemisst mit ihrem Augenaufschlag den Detonationssektor und verfügt mit allen Zeilen ihrer Figürlichkeit, dass die Tragödie des Mannes darin bestehen würde, erst einmal nachzudenken, wie wichtig er sich vorkommen muss, wollte er gerecht verfahren.

»Was sagt man dazu«, zeigt sich Wassiljew ergriffen, »in dem Augenblick, da man zu scheitern droht, geht dann doch wieder alles. Offensichtlich gehört es zur Eitelkeit beider Geschlechter, sich gegenseitig nichts zu schenken.«

»Wir alle sind nur so großzügig wie wir dabei versuchen, jeden Schaden von uns abzuwenden«, entgegnet Lejla. »Wie sagte Goethe doch, bedenke wohl, worum du bittest, denn es könnte dir gewährt werden.«

Und derweil nun Lejla und Wassiljew die Welt von ihren schlechten Manieren befreien, und sich ebenso intelligent wie eitel einem verbalen Schlagabtausch hingeben, entdecke ich auf dem Monitor eine Gestalt, die ich bisher übersehen haben muss, jemanden, der den Anschein erweckt, als handele er mit Illusionen und künstlichen Träumen. Das Wesentliche und gleichzeitig Ungewöhnliche aber ist, dass ich ihn mit Kreide in Verbindung bringe, jenem Geruch, den ich wahrzunehmen glaubte, als ich aus der Ohnmacht erwachte. Hinzu kommt sein professorales Gehabe, mit Fingern heraufzubeschwören, was andere ihm an Aufmerksamkeit schuldig bleiben. Insofern sollte ich schon der vorauseilenden Skepsis auf den Fersen bleiben. Das Ungewisse liefert nicht selten den Text dafür, was andere verheimlichen.

»Was wissen wir, was wir wissen«, holt mich Lejla zurück in den Weltraum, »gäbe es eine globale Verwirklichung der Wahrheit, müsste sie sich über das Ende der Zeit hinaus verständlich machen. Sie müsste schon Erkenntnis an sich sein und sich in einem allumfassenden Bewusstsein erfüllen können. Was Geist ist, kann nicht erst noch Geist werden.«

»Der Mensch lebt in der Historie seiner kosmischen Herkunft«, stimme ich zu, »in der Flucht vor der tödlichen Langeweile göttlicher Allmacht. Er ist Geist im Sinne vorübergehender Menschwerdung, das Exposé eines universellen Traumes, etwas, das jenseits aller kosmischen Zusammenhänge existiert, das Geschichte schreibt, um sich seines Namens zu versichern.«

»Was Sie sind, weiß ich nicht«, erwidert Wassiljew, er jedenfalls hätte sich bescheidenerweise dem praktischen Leben verschworen, mit weit weniger göttlichen Eingebungen und halb so viel Vorsehung. Und wenn sich dabei noch einige Rubel in die Tasche schieben ließen, hielte es der Vorsehung stand, sich damit den Staub des Alltags von der Seele zu waschen.

»Dann sind Sie weit vorgedrungen«, gibt sich Lejla ihrer künstlichen Verwunderung hin, »Sie beziehen von sich entschieden mehr, als andere an Ihnen entdecken. Vielleicht sind Sie ja der wahre Überflieger, Sie begnügen sich in aller Bescheidenheit und geben sich dem Rausch von Tatsachen hin. Sollte Ihnen das Leben dennoch inspirativ mitspielen, steigen Sie in einen Raumanzug und lassen sich zum Mond schießen. Wie man sieht«, turnt sich Lejla durch den Schwebezustand ihrer Worte, »weiß der sachlich fixierte Mensch stets, woraus die Dinge gemacht sind, selbst wenn es sich um erfundene handelt.«

»Wie wäre es«, halte ich fest, »wenn Sie Ihre Formulierungen für einen Moment in die Fenster bordeigener Wundersamkeiten verlegten. Die Welt um uns hat ihren eigenen Zauber. Schauen Sie nur in den abgedunkelten Teil unseres Planeten und Sie werden magisch aufflammende Lichter sehen, gleich Feuer speienden Kaskaden, die sowohl zur Erde als auch zum Kosmos hin abregnen, ähnlich der Blitze in unserer Hirnschale, jenem spektakulären Aufleuchten dienstmüder Neuronenzellen, als hätten sie den Augenblick in sich aufgespart, sich anderweitig zu erneuern.«

»Gleich werden Sie behaupten«, mutmaßt Wassiljew, »dass Geist und Seele eine besondere Affinität zum Jenseits hätten, und dass der Tod nur das Eintauchen in eine andere Raum-Zeit-Ebene darstellt, nicht zuletzt der imposanten Arroganz wegen, diesen Transfer mit einem kleinen Urknall zu versehen.«

»Ich sagte doch«, schaltet sich Lejla ein, »Sie wissen mehr, als Ihnen bewusst ist. Sie bereisen Ihren Intellekt mit den Segeln der Sonne, stehen immer etwas im Wind und ignorieren bisweilen die Gnade dessen, was der Verstand so im Allgemeinen ans Tageslicht bringt. Vielleicht sollten Sie nun doch einmal das Gebot der Stunde nutzen und in sich selbst vor Anker gehen. Die meisten Wahrheiten finden sich in der Kraft eigener Ideen ein, besonders jene, die noch keine andere Bewirtschaftung kennen.«

»Ich will Ihnen keineswegs Ihre Visionen nehmen«, antwortet Wassiljew, »wer ohne Fantasie ist, hat sicherlich so manches verpasst. Dennoch sollten Sie sich davor hüten, den größten Teil des Tages darin zu verbringen. Was uns oftmals als utopisch erscheint, ist nicht selten die Oberfläche, in der wir leben. Der Fortschritt selbst steht dem Attribut des Gelingens zur Seite, diesen Persönlichkeiten, die am Erfolg gemessen werden und nicht an ihren honorigen Talenten. Im Übrigen können wir gleichsam damit beginnen, dies unter Beweis zu stellen. Der Satellit, der uns aufsitzt, hat seinen Schönheitswettbewerb hinter sich und wartet sehnlichst darauf, ins All verschickt zu werden. Vielleicht wird er Ihnen ja im Laufe der Zeit genau diese Details zuspielen, die Ihren Händen derweil noch so seltsam entgleiten.«

»Ihre Nachsicht«, hilft Lejla ihm weiter, »wächst ähnlich der Rose im Blech blank polierter Kühlerhauben. Was sich nicht in Metall säen lässt, hat keine Berechtigung zu existieren. Womit Sie auf kleinliche Weise genau das verkörpern, woran die russische Weltraumfahrt genesen könnte.«

KAPITEL 11

Derweil nun Wassiljew den Start der Raumsonde ›Phaeton‹ dem
Kontrollzentrum mitteilt, gibt sich Lejla der fantastischen Eingebung hin, das Bewusstsein hätte den Astronauten dazu bestimmt,
seiner persönlichen Geschichte hinterher zu fliegen. Individueller
betrachtet, mit der speziellen Frage, wer sind die, die vor uns da
waren, woher kommen sie, und was haben sie mit uns und unserer
Kultur gemein. Sind sie diese mysteriösen Geister, die zwischen
Mars und Jupiter ins Chaos verschickt wurden, jene versprengten
Götter, die sich der Erde besannen und in Gestalt der Menschen
ihr neues Comeback feierten? Oder rütteln wir gar an den Grund-
festen inneren Aussehens, an der Möglichkeit, Replikant eines anderen Selbst zu sein, mit dem Outfit des Affen und der angebete-
ten Genialität eines Halbgottes, mit Stimmen, die unsere Erinnerung voraus haben und in der Besorgnis stehen, dass dieses, was
damals geschah, sich jederzeit wiederholen könnte.

»Zumindest wäre dies eine Überlegung wert«, stelle ich mich in
den Eingang ihrer Gedanken, »bisher haben wir nie so recht gewusst,
wer wir sind und was uns dazu veranlasst, unserer irdischen Existenz
so zu misstrauen. So sprachen bereits die Sumerer 2000 Jahre vor
unserer Zeitrechnung über den so genannten zehnten Planeten, jenen
Himmelskörper, den sie nach heutiger Sicht an der Schnittstelle der
Ökosphäre notierten, der alle Voraussetzungen erfüllte, Leben zu ermöglichen. Ferner besticht die Genauigkeit dieser Dokumentation,
jene exakt bemessenen Größenverhältnisse, die selbst mit derzeitigen
Teleskopen kaum eine Verbesserung erfahren würden. Und der My-
then nicht genug, weitere Hinweise über den Planeten finden sich in
der griechischen Sagenwelt wieder, wo Phaeton als Lenker des Son-
nenwagens der Ungnade Zeus verfiel und durch Blitze ins Verderben
geschickt wurde. Eine höchst bemerkenswerte Darlegung, nicht zu-

letzt, da dieses Inferno vor Millionen von Jahren passiert sein muss und schon von daher den Horizont menschlicher Vorstellungskraft vehement in Anspruch nimmt.«

»Ihre Interessen«, bemerkt Wassiljew, »liegen wohl überwiegend auf dem utopischen Sektor dieser Mission, dabei erwähnten Sie doch eben selbst, dass man nur entdeckt, was jedem hinlänglich bekannt ist.«

»Und Sie schauen den Dingen hinterher, die Sie eh nicht hätten ändern können«, stellt sich Lejla auf meine Seite, »die Zukunft verkümmert in den Händen derer, die sie an die Normalität des Alltags verschenken. Was immer wir also zu begreifen trachten, würden wir es ohne den nötigen Enthusiasmus betreiben, wären wir sehr bald dazu verdammt, das Abenteuer Mensch auf die Eintönigkeit unseres Selbst zu beschränken.«

»Wie sagte doch David Bohm«, werfe ich ein, »in einem Augenblick liegt die Ewigkeit dieser Welt, in einem Ton die gesamte Sinfonie und in einem Gedankenblitz der schöpferische Impuls des Göttlichen.«

»Zu allem gehört die Muße menschlicher Eingebung«, erwidert Lejla, »das Salz, mit dem der Küchenschrank voller erscheint, dieses gewisse Etwas, das uns über die Monotonie von Tretmühlen hinauswachsen lässt. Es ist die Welt jenseits aller Erklärbarkeiten, die unser Leben bedeutsam macht, die Zufälle, die uns in Erstaunen versetzen und mit wundersamen Weissagungen besinnlicher stimmen. So zum Beispiel jene amüsante Tatsache, dass die Cheops-Pyramide mit ihren 146,6 Metern genau der Entfernung zur Sonne in Millionen Kilometern entspricht oder in doppelter Höhe bemessen, dividiert durch die Grundfläche, die ungewöhnliche Zahl 3,14, gleich Pi, ergibt.«

»Wahrscheinlich sind es nicht die Außerirdischen, die uns dazu ermunterten, Papyrusrollen mit Wahrheiten zu bekritzeln, die man nur aus dem Weltall heraus hätte gestalten können«, unterstreiche ich, »es ist der Mensch selbst, seine intuitive Kraft, mehr zu erkennen, als ihm allgemein an die Hand gegeben ist. Da gibt es Wissenschaftler, die heute schon über den schwangeren Roboter nachdenken, ein kleiner humanoider Robo-Fötus, der im Bauch seiner androiden Mutter sich entwickelt. Oder die Aufschlüsselung unserer Gene, ihre Lagerung in Zellbanken, jene genetische Arche, die den Morgen der Wiederkehr eingeplant hat, vielleicht sogar mit der geheimnisvollen Formel der Unsterblichkeit.«

»Sie meinen«, bleibt Lejla auf der Umlaufbahn meiner Gedanken, »dass die Dinge im gewohnten Gebrauch bereits brisant genug sind, um sich weitere Spagate zu ersparen.«

Während wir so noch eine Weile mit der Bestäubung von Genialitäten beschäftigt sind, die Hirnwaben bereits mit der ein oder anderen Unergründlichkeit zu summen beginnen, transportiert das Cockpit urplötzlich seine eigenen Probleme, zuweilen mit der gespenstischen Anomalie, der Teufel persönlich hätte sich an Bord geschlichen und stünde im Benehmen, den Kurs des Raumschiffes mit höchst eigenwilligen Daten zu sublimieren. Ziemlich erstaunlich, wenn man bedenkt, dass er sich des Notsitzes begnügen müsste und es eigentlich nichts gäbe, worin er uns übertreffen könnte. Aber da ich der Überraschung weder verblendet noch uneinsichtig gegenüberstehen möchte, bringe ich meine Nase eiligst auf die Platinen des Computers, gebe mich der Virtuosität kombinierender Finger hin und stelle unter Verdacht, was immer sich da so unwillig und parasitär zu erkennen gibt.

Lejla, die meine Schnüffelei interessiert in Augenschein nimmt, fragt sich, ob nicht die meisten Ängste dem überhöhten Verlangen nachkämen, mehr Gefahr heraufzubeschwören, als tatsächlich vorhanden sei. Sollte es also etwas geben, das mir unter den Nägeln brennen würde, wäre ich gut beraten, mich ihr anzuvertrauen.

»Im Cockpit des Raumschiffes«, so Wassiljew, »gibt es immer etwas zu bestaunen, ein paar Ungereimtheiten sind völlig normal, sie kommen und gehen.«

»Mit anderen Worten«, kombiniert Lejla, »wir müssen schon einige Male hinschauen, um nichts zu entdecken.«

»Und dennoch könnte es den kürzesten Weg in die unendlichen Weiten des Alls bedeuten«, schließe ich auf, »die Biografie der Gefühle lehrt uns, ihr gewogen zu bleiben, wenn wir die Fakten auf dem Tisch haben, ist es oftmals zu spät.«

»Sie meinen«, zieht Lejla ihren eigenen Vorhang, »der Frieden ist nur so friedlich, wie wir uns vor der Nachlässigkeit schützen, ihm allzu große Bedeutung beigemessen zu haben.«

»Das wäre die eine Möglichkeit«, erwidere ich, »die andere besteht darin, dem Bordcomputer in der Tat künftig etwas mehr Bedeutung beizumessen.«

»Wie wäre es«, meldet sich die Basisstation, »wenn Sie sich wieder etwas mehr der Volljährigkeit dieses Unternehmens besinnen würden, zumal Sie sich der Mondbasis nähern und den Kontakt zu der dortigen Crew aufnehmen sollten.«

»Nur weil uns die Fantasie mehr mitspielt als den Daheimgebliebenen«, entgegnet Lejla, »sind wir immer noch erwachsen genug zu wissen, was sich gehört.«

Nähert sich mit allen Vorzügen expandierender Weiblichkeit der hoheitlich geschwenkten Bordkamera und erklärt mit jedem Zentimeter ihrer stolzen Figürlichkeit, dass Vorsicht die Stärke der Gescheiten sei. »Mit dem Attribut der Überheblichkeit, dass nichts geschehen könnte, was Sie nicht längst schon wüssten, rütteln Sie nicht nur an den Prinzipien der Zusammenarbeit, Sie unterstellen gleichsam die Unmündigkeit dieser Exkursion.«

Es ist schon einigermaßen erstaunlich, mit welcher Eleganz sie anderen das Wort beschneidet. Wer nicht ihrem Körper verfällt, der wird seine Stimme gegen ihren Mund eintauschen wollen, seinen Verstand gegen ihr Herz, seine Sinne gegen die intuitive Beredsamkeit schenkungsfreudiger Brüste. Hier mit der beschwörenden Formel ihres offenen Overalls, dort mit der wundersamen Fähigkeit, jemandem nahe zu legen, dass es ein müßiges Unterfangen sei, fliegende Fische in einem Aquarium zu halten.

Kapitel 12

»So viel Mond auf einmal, wer hätte das gedacht«, kommentiert Lejla ihre Fassungslosigkeit. »Meine Urgroßmutter wäre bei diesem Anblick bestimmt in Ohnmacht gefallen. Für sie war dieser Trabant schon immer der Inbegriff aller Hexerei und Gespenstigkeit.«

»Das heißt«, entgegne ich, »Ihnen wurde Schauerliches in die Wiege gelegt, und nun stehen Sie mit einem Male vor dem genetisch angepflanzten Lächeln einer überdimensionierten Mondscheibe. Nüchterner formuliert, inmitten einer neuen Wirklichkeit, frisch gewindelt und bodenlos beeindruckt.«

»Sie haben die Richtung erkannt«, zeigt sie sich bewegt, »dieser Planet müsste aus dem Staub von Leichen gebacken sein, wollte man alle Katastrophen beleuchten, die seiner Mythologie anhängen.«

»Vergessen Sie nicht die Werwölfe«, steuert Wassiljew bei, »jene menschgewordenen Bestien, die sich im milchigen Schein seines Lichtes materialisieren und Höfe und Wälder zum Heulen bringen.«

»Ich bin doch einigermaßen erstaunt«, reagiert Lejla, »bisweilen dachte ich, Ihr Kopf strebte nach einfacheren Definitionen. Inzwischen bin ich mir fast sicher, dass Sie den Realismus nur erfunden haben, um Ihr Gesicht darin zu wahren.«

»Nun erkennen Sie, was Sie immer schon wussten«, schließt Wassiljew auf, »sind maßlos ergriffen und eigentlich mehr zum Passagier als zum Astronauten geeignet.«

»Dabei sollten Sie doch wissen«, so Lejla, »dass wir nur sehen, was wir mit unseren Sinnen wahrnehmen. Und da scheiden sich doch offensichtlich die kleinen von den großen Geistern. Bei dem einen gehen die Eindrücke schweigsam abhanden, dem anderen sind sie nie laut genug.«

»Und der eine weiß, wann er oben angekommen ist, und dem anderen ist oben nie hoch genug«, hält Wassiljew dagegen. Erklärt, dass sie sich bereits in der Umlaufbahn befänden, etwas mehr Anteilnahme also an den technischen Dingen stünde der persönlichen Fantasie bestimmt nicht im Wege.

»Niemand weiß mit der Landung besser umzugehen als Sie selbst«, wertet Lejla seine Kompetenzen. Bestimmt würde sie dabei nur stören oder gar seine Fähigkeiten in Zweifel ziehen. Klopft ihm freundschaftlich auf die Schulter und versichert, dass sie jedenfalls das Auge dafür hätte, festzustellen, was der andere besser kann.

»Wie sagte doch Lenin«, springt Wassiljew an, »zeige mir, wer dich lobt, und ich sage dir, welche Fehler du besitzt.«

Worte, die dann allerdings im Hinblick der Landung kommentarlos verhallen und erkennen lassen, dass jeder Anflug seinen eigenen Aggregatzustand mit sich bringt, jenes gewisse Kribbeln, das sich zwischen Nervosität und Betriebsamkeit entlädt.

»Das war's dann«, löst Wassiljew die Spannung auf, öffnet die Luke der Raumfähre, hüpft gleich einem Känguru in die Weltraumnacht, wirft seine Arme in die Luft und suggeriert dem wolkenlosen Himmel die Ankunft dreier Nestvögel, die ebenso auserwählt als auch unbeholfen den großen Schritt der Menschheit im Gefieder tragen und eigentlich genau die Typen sind, vor denen die Propheten die Menschen schon immer gewarnt haben.

Und derweil ich meinen behelmten Verstand balanceträchtig und mit künstlichem Sauerstoff an die nicht vorhandene Luft bringe, sind es meine Füße, die sich in eine Sprungfeder verwandeln, die mir die Leichtigkeit vermitteln, mich ähnlich einer Pusteblume in alle erdenklichen Winde verstreuen, gleich jemandem, der genau weiß, was ihm blüht, wenn er Gefallen daran findet, sich der Nase nach zu orientieren. Und es ist nicht der einzige unfreiwillige Spaß, der diesen Trabanten lebendig werden lässt. Die wahren Geister sind Schatten, die schwärzer sind als die Seelen, die sich hierher verirrt haben. Sie gefrieren an Stein und Fels und schauen so aus, als hätte der Teufel sie persönlich dorthin beordert.

Überdies gewinne ich den Eindruck, dass die Landschaft Probleme damit hat, sich ihres Selbst zu besinnen. Sie fühlt sich weder gesehen noch berührt, als besäße sie nichts, womit sie unsere Blicke einfangen könnte, wenngleich ich nicht behaupten möchte, diese Gegend existiere grundlos oder gäbe sich der Ahnung hin, sie müsse sich bedeckt halten, wollte sie nicht in die Hände der Menschen fallen. Wobei es sicherlich ebenso blasphemisch wäre anzunehmen, wir seien die wahren Boten des Universums, müssten der Evolutionsgeschichte der Affen standgehalten haben, um als auserwählt zu gelten. Aber wie immer es sich auch darstellt, die Geschichte des Alls scheint aufregend genug zu sein, um alles zu ermöglichen, selbst das Unausweichliche. Und so gebe ich dem Mond das verwegene Gesicht illusionärer Träume, begleitet mit der stillen Hoffnung, es möge sein Lächeln nie verlieren, seine Geheimnisse bewahren und Wanderern auf der Erde weiterhin den Weg weisen.

Nachdem ich nun die ersten geistigen Spagate an die Geschichte der Menschheit weitergegeben habe, gewisse geographische Verzerrungen mit den Beinen eines Laubfrosches zu begradigen bemüht bin, erstaunt mich unsere gemeinsame Ankunft bei der Basisstation, als hätte uns die Vorsehung mit einem Käscher eingefangen. Wollte ich Einträglicheres vermerken, wenig später sogar mit der friedlichen Anschaulichkeit, brave Zuhörer jener apathisch wirkenden Crew zu sein. Wobei meine russischen Sprachkenntnisse nicht unbedingt dazu beitragen, sie augenblicklich aus den Sesseln zu heben. Und so bin ich dann auch einen Moment lang dem unterkühlten Metall einer Stuhllehne zu Diensten.

»Schauen Sie«, erklärt sich der Kommandant, »hier oben wird das Unausgesprochene zur lautesten Welle des Denkens, was zur Folge hat, dass die Konzentration schneller schwindet, als der Verstand sich dies begreiflich machen kann.« Insofern könne er schon garantieren, dass sich niemand ernsthaft verletzt fühlen muss.

»Die lunarische Diktion«, fühlt sich einer der Herrschaften angesprochen, »ist der Groschen, der nicht fallen will, das Schweigen, wenn man nicht gerade vor sich hin singt, oder die Tischplatte, die man zum Tremolo seiner Finger macht.«

»Sie sehen«, ergänzt der Kommandant, »was wir nicht über die Lippen bringen, verstecken wir hinter unserer Zunge, und es ist oftmals mehr als der fehlende Alltag. Es ist der leere Horizont dieser Mondlandschaft, und es ist die Eigenart zu vergessen, wie die Dinge wirklich ausgeschaut haben, der fehlende Glaube an den Sommer, die vergessene Harmonie auf den Saiten einer Balalaika.«

»Womit Sie aber nicht behaupten möchten, Sie hätten ein ernstes Problem«, meldet sich Lejla zu Wort, gäbe es ein solches, müsste sie sich als Sicherheitsoffizier der unliebsamen Pflicht annehmen, Näheres darüber in Erfahrung zu bringen. Aber so, wie es sich darstellt, trauern sie der nicht vorhandenen Wetterlage hinterher, vielleicht noch der kuriosen Tatsache, mit zu viel Leerlauf geprügelt zu sein.

»So manches Unheil«, besteigt sie mit einem Male den Berg der Vorsehung, »beginnt dort, wo man sich unwichtig vorkommt, wo der Fortschritt die Hemmungen verstärkt, sich noch darin zu erkennen.«

Bekenntnisse, die nicht nur meinen Puls beschleunigen, sie wecken augenblicklich in mir die Befürchtung, sie hätte ihre Kompetenzen um Längen überschritten und müsse jeden Moment damit rechnen, aus dem Fenster zu kippen. Aber nachdem ich den Protest vergeblich in Rechnung stelle, und sich auf den Wangen ihrer Kosmonautenkollegen ein gewisses Lächeln einstellt, weiß ich, dass man schon ihre Aura einbeziehen muss, möchte man sich nicht mit Schätzungen begnügen. Was immer sie zu bieten hat, es ist mehr als sich in Zentimetern nachweisen lässt. Es ist der Aufbruch in eine neue Weiblichkeit, nichts, was sich mit Zurückhaltung oder Bescheidenheit definieren ließe. Sie ist die unmittelbare Tochter des Göttervaters Zeus, das Zugeständnis, selten weniger Erklärungen benötigt zu haben. Aber worin die Geschwindigkeit jener Liebesbezeugung auch bestehen mag, sie ausschließlich auf ihren übermächtigen Körper zurückzuführen, wäre undankbar. Wie immer ich also das Gehölz begieße, das ihren Köpfen entwächst, es ist mit so viel Beifall gekürt, dass ich mich nicht des Verdachts erwehren kann, sie besäße den segnenden Zeigefinger einer hohen Priesterin, und wenn ich mich dieser Vorsehung sensibel nähern möchte, mit der unnachahmlichen Fähigkeit, sie sogar glaubwürdig zu suggerieren.

»Es sollte schon passiert sein«, wende ich mich Wassiljew zu, »dass Säuglinge mit dem Rauch des Feuers in der Nase geboren wurden und in reiferem Alter solange zu schüren begannen, bis sie selbst in Brand standen.«

»Wollten Sie damit behaupten, Ihnen seien soeben die Sicherungen der Fantasie durchgebrannt«, erwidert er, »wenn dies so ist, habe ich Sie bisweilen überschätzt. Das, was Sie wahrnehmen, ist Lejlas ganz normaler Alltag. Was sie sagt, ist Gesetz, und was sie verschweigt, ist schlichtweg nur eine Lüge. Sie ist das, was sich im Allgemeinen aus den zwei Seiten einer Ansichtskarte zusammensetzt, der freimütige Weg, mit einfachen Worten zum Ziel zu gelangen.«

»Das Schweigen, das uns hier umgibt«, meldet sich einer der Anwesenden, »redet uns dusslig und dämlich, als würden wir mit einer neuen Sprache konfrontiert werden, einer Realität, die jenseits unserer Begriffe vorliegt, als begäben wir uns in eine Welt körperlichen Nichtseins, mit immer weniger Erinnerungen, heimatlosen Schritten und gespenstischen Lichtgestalten, als hätte die Sonne sie gebleicht und dem Unsichtbaren zugeführt.«

»Es ist sicherlich mehr, als Sie wissen möchten«, so der Kommandant, »und eigentlich zu wenig, um sich darauf einen Reim zu machen. Möglicherweise wäre es da schon eine Hilfe, wenn ich Ihnen verständlich machen könnte, dass sich in kleinen unwichtigen Dingen weit mehr Unsinn und Unwahrheiten einfinden als in größeren Vorhaben. Dennoch ist es nicht so, als müssten wir uns auf die Suche unseres Selbst begeben, es ist die Langeweile, die zu texten beginnt, nie vollzogene Visionen, die uns bisweilen so aussehen lassen, als hätten wir den Butterkeks über die Nase eingeatmet.«

Während nun das eine Garn auf die Spule des anderen überwechselt, die eine Erklärung sich mit einer weiteren verschachtelt, vermeldet der Mastercomputer der Station den Ausfall eines

Außenroboters. Für mich eine wenig interessante Aussage, für die Anwesenden jedoch ein weiterer Grund dafür, sich mit neuen Trugbildern zu umgeben. So kommt dann auch einer der Kosmonauten auf den Gedanken, die Roboter könnten ihren blutleeren Verstand dazu missbrauchen, sich gegenseitig ausschalten, wobei ich mich nicht des Eindrucks erwehren kann, er hätte ebenso gut die Formulierung vernichten wählen können.

»Sie haben es gehört«, wendet sich Wassiljew Lejla zu, »die Probleme, die Ihnen ans Herz gewachsen sind, finden sich schneller ein, als Ihnen lieb sein dürfte. So betrachtet sollten Sie schleunigst Ihr Quartier beziehen, der morgige Tag ist angerichtet und hat für Sie in Ihrer Aufgabe als Sicherheitsoffizier schon vor einer Weile begonnen. Folglich sollten Sie frischen Mutes sein, wenn Ihnen die Welle entgegenschwappt, die Ihnen das Schicksal heute vorzugsweise unterschlagen hat.«

KAPITEL 13

Der kommende Morgen, so weit ich ihn in seinem marmornen Licht als solchen betrachten möchte, gibt sich wesentlich verträglicher, als ich zunächst zu hoffen wagte. Wenngleich ich nicht ausschließen möchte, den Blinker dazu höchstpersönlich gesetzt zu haben.

»Sie sehen nicht so aus, als wollten Sie bei diesem schönen Wetter zu Hause bleiben«, begrüßt mich Lejla, »der Tag hat die Laune in die Segel gebracht, und wir sollten diese Brise nutzen, dem Trabanten einen Besuch abzustatten.«

»Wie könnte ich widersprechen«, halte ich mich an ihre Worte, »die Neugier ist ein zielgewandter Führer.«

»Wenn dem so ist«, zeigt sich Lejla vergnügt, »sollten wir schauen, dass er auch ein guter Gesellschafter bleibt.«

Als wir dann dem prickelnden Amüsement einer Gänsehaut den Vortritt geben, kommt Lejla zu der wundersamen Eingebung, dass sich das Universum mit der Feder eines Zaunkönigs bemessen lassen müsste, wollte man sich diese Faszination begreiflich machen.

»Vielleicht auch mit unserer Seele«, erwidere ich, wobei ich nicht verhehlen möchte, dass mein Körper diesen Empfindungen nur bedingt zu folgen vermag, nicht zuletzt die Temperatur in meinem Raumanzug ansteigt und mein Sichtfenster zusehends einnebelt. Lejla, die mein Problem wahrzunehmen scheint, kommt auf die glorreiche Idee, diesen Spuk an die Atemluft unserer Raumfähre weiterzuleiten und dem Missgeschick ans Leder zu gehen. Dem ungeachtet wäre es durchaus ratsam, eine kurzweilige Inspektion einzuplanen. Und da ihre Empfehlung kaum eine andere Konsequenz zulässt, finde ich mich urplötzlich in meinem eigenen Herzschlag wieder, reite den Puls einer gehörnten Corrida, total irritiert und mit Gefühlen, die nur schwerlich in den Schuhen zu halten sind, die mit dem Bewusstsein kommen, jeden Moment darin aufgespießt zu werden. Wie rasant das Schicksal sich doch dem Spiel der Sinne anzunehmen versteht. Plötzlich geben sich die Emotionen so selbstverständlich, als hätten sie unsere Gedanken voraus und wüssten genau, wohin sie gehörten.

»Wenn du weißt, was ich meine«, übernimmt sie meine Empfindungen, »dann ist es genau das, was ich denke und dich zuweilen so ungeduldig stimmt.«

Öffnet die Luke der Raumfähre, nimmt sich der Lebenserhaltungssysteme an und beginnt mit einer Orgie der Entkleidung. Wobei sie nichts unversucht lässt, dem Geläut der Glocken zu ungeahnter Aufdringlichkeit zu verhelfen.

Es ist schon ein beträchtliches Wunder, wie aus der Vernetzung anfänglicher Hinwendung mit einem Male Sprache wird, gleich dem verzuckerten Gebilde, das den Geschmack weckt, bevor wir es an unsere Lippen weiterreichen. Ähnlich der Spinne im Zwirn ihres Selbst, mit allen Spürbarkeiten jener Fragen, wenn sich auch nur ein Fuß darin verfangen hat. Und es ist mehr als ein Signal des Augenblicks, das, was meinen Körper erfasst und formt, ist ein riesiger Mund, mit der Sogkraft eines Wirbelsturms, ein Irrsinnslodern, das sich um den Äquator ihrer Taille legt und der Befürchtung unterwirft, sich gegenseitig zu entmachten. Bisweilen ist es dann der Boden, der sich unter uns auftut und seine Wurzeln himmelwärts streckt, die tausendarmige Krake, die dem schrillen Strudel unserer Verinnerlichung entsteigt, sich über dem Abgrund des Zorns erhebt und mit gierigen Saugnäpfen jeden Zentimeter Lust erfasst, den wir bereitwillig zu verschenken trachten. Und es ist der Schauplatz äußerer Freizügigkeit, jene rasenden Sprengsätze, die wir an unsere Sinne verlieren, mit dem Ticken der Zeit im Bauch und der überhöhten Bereitschaft, sie auch dort zu zünden, ist es doch die explosive Bedrohung ihrer aufgeschreckten Brüste, die nackte Begierde in mir, sie über meinen Körper spazieren zu führen. Begleitet von unzähligen Nadelstichen und der eingewebten Brandung, aneinander gefesselt zu sein. Diese Geysire, die da in mir aufbrechen, haben ihre Existenz in dem orgiastischen Willen versenkt, sich mit unzähligen Tropfen heißester Wollust zu zerstäuben, gleich dem Sinnesrausch, der aus dem tiefen Grund unserer Triebe emporschießt, um sie den Schaumkronen unserer Sehnsüchte zuzuleiten. Irgendwo zwischen den Beinen und der feucht gewordenen Akrobatik galoppierender Herzschläge, die alle Distanzen zu überwinden scheinen, die den wahren Quell des Lebens mit der Vermehrung des Selbst in Bezug bringen und nichts auslassen, um sich darin zu verdoppeln. Irgendwo dort zwischen Schenkel und Schenkel, regiert durch Empfindungen, die mit den Spiegeln der Liebe unsere Seelen durchwandern, sich als das eigentliche Licht dieser Welt ausgeben und ungeahnte Berührungen ausleuchten. Dies alles mit den Doldenspitzen eines fremden Gartens, angekettet an einen Baum, der bis in die Wurzeln zu erschüttern droht und uns hinaufblicken lässt in einen Lebensraum, der mit der warmen Süße üppiger Blütenzweige unser Bewusstsein ausstreut, zuweilen mit der unablässigen Gabe, der dürstenden Erde Feuer zu reichen. Es ist der Augenblick, da die Schlange ihrer alten Haut entschleicht, sich aus der Vergangenheit stiehlt, um mit neuer Geschmeidigkeit ihrem hochaufgeschwungenen Körper zu huldigen, jener entfesselten Brandung, die im Auf und Ab hemmungsloser Umgarnungen jeden Millimeter Bereitwilligkeit nutzt, um sich darin zu verstricken, letztlich der vaginalen Hingabe zuliebe, sich darin auszuschütten, sein Selbst, seine Eigenwilligkeiten und Sehnsüchte. So geschieht dann auch alles, das in dem Tiefgang gipfelt, einander auszuhöhlen, ähnlich der Schnecke in ihrem Gehäuse, mit sanft gepeinigten Gliedmaßen und der prall gefüllten Enge totaler Durchdringung. Gleich jemandem, der die Seele des anderen bewohnt, ohne sich dagegen wehren zu können. Überdies ist es dann ihr ganzes Leben, ihre Augen, die mich erwarten und fest halten, die mich fortzehren und mit den Ähren meiner Nervenfasern zu tanzen beginnen, die sich widerstandslos hingeben und den Wind auskosten, der mich aufbäumen lässt, um sich darin zu verfangen, ganz von sich loszulassen, der Geneigtheit entsprechend, der Bogen unserer Empfindungen möge so weit angespannt sein, dass er uns durch die Wirbel der Sinne führe, um uns am anderen Ende des Seins neu entstehen zu lassen. Eine einzige Woge, aus der wir hervorgehen mit dem Gefühl totaler Berührung und der Anmut, völlig von uns umströmt zu sein. Gewiss sind es die goldenen Schuhe, mit denen wir aufeinander zugehen, ist es die stille Glut, die unsere Körper aneinander verschmelzen lässt, der stumme Begleiter jener Sehnsucht, der immer an unserer Seite war und sich hinter ihrem Lächeln versteckte.

»Du hast mich ganz schön erschreckt«, tätschelt Lejla ihre heißgeschaukelten Brüste und gibt zu verstehen, dass sie einen Moment lang dachte, ihr Körper stünde in Flammen, so ganz in dem Bewusstsein, ich hätte Feuer an ihr gelegt. Und wenn es das nicht war, was sie zu empfinden glaubte, waren es meine Lippen, die sie leer saugten, jenes unaufhörliche Drängen, an das sie ihre Sinne verlor. Umschließt sodann mit ihren Lippen die inbrünstige Wiederkehr meiner Gelüste und vertieft mit sanfter Intensität das Verlangen in mir, sie erneut in die Strömung meiner pochenden Brandung einzubeziehen, mit dem Windstoß totaler Auflehnung und der entgegenwachsenden Vermehrung ineinander aufgelöst zu sein. Irgendwann dann, in einem Augenblick turmhoher Liebe, übertönt sie mit den Fanfaren des Sieges alle meine Erwartungen, hoch aufgeschwungen über mir, mit bezwingbaren Kontraktionen und der inständigen Bekenntnis, dass dieser Trabant die Leichtigkeit besitzt, auf die wir solange gewartet haben.

Inzwischen ist es die feuchte Süße ihrer Haut, die mich in Trance versetzt, die mich der geheimen Andacht unterwirft, den Duft ihrer Aura zu verspüren, ihr ganzes Wesen, mit der wundersamen Berührung, dass das Licht den Samen schmeckt, den es an den Tag verschwendet.

Wenngleich nun in mir das Gefühl der Vermehrung vorherrscht, geschieht momentan genau das, was mich hinausträgt, das mir entwächst, mit dem spitzen Schwung von Pfeilen in der Luft und dem ungeheuren Wunsch, die Dünung ihrer Figürlichkeit für immer abzustecken. Jene aufgewühlten Ufersäume, die sich meiner inneren Strömungen annehmen, sie einschmälern, aber auch heftiger werden lassen, gleich der endlosen Flucht eines Geschehens, das vorantreibt, ohne entkommen zu können.

»Nun haben wir den heimlichen Brunnen in uns tiefer geschaufelt«, befindet Lejla. »Mit einem Male lebt man in der Erkenntnis, mehr über sich in Erfahrung gebracht zu haben mit der Bewohnbarkeit der Seele im Körper des anderen und der nackten Verlockung, sich mit Zueignungen zu beschenken, die uns das Spiel gegenseitiger Eroberung eingebracht hat.«

Nachdem wir nun den Zauber menschlicher Blöße in die Kleider zurückgesteckt haben, sehen wir uns der unliebsamen Pflicht gegenüber, die Wirklichkeit dieser kleinen Kabine gegen den Sprungtisch des Mondes einzutauschen.

Für eine Weile sind es dann auch die Schatten, die zu leben scheinen, die der wattierten Landschaft ein kandiszuckernes Aussehen geben und mit geheimnisvollen Facetten zu prickeln beginnen. Doch ehe wir in den Genuss dieser ungewöhnlichen Erscheinung kommen, stolpern wir über den Blechhaufen eines Roboters, intelligenter formuliert, über das, was von ihm übrig geblieben ist. Ein Phänomen, das alle Mutmaßungen sprengt und uns so dastehen lässt, als wären wir gleich einer Stalaknite von unten nach oben getropft. Aber ohne nun der Eigentümlichkeit der Versteinerung ein besonderes Gewicht hinterher zu tragen, fällt es uns schwer, uns diesen Vorgang begreiflich zu machen, zumal wir den Werwölfen abgeschworen haben und sich realere Möglichkeiten kaum denken lassen.

»Das ist doch eine optische Täuschung«, beeilt sich Lejla ihre Eindrücke unterzubringen, »so wie der ausschaut, wird er seine folgenden Geburtstage nur noch als Altmetall feiern können«.

Nimmt die Umgebung in Augenschein und verwendet den Gedanken, dass es schwerlich vorstellbar wäre, diese Maschinen mit einem ernst zu nehmenden Gegner in Verbindung zu bringen.

»Andererseits besitzt dieser Trabant keine Türen«, erwidere ich, »die ihn von der übrigen Welt ausschließen könnten. Insofern ist alles möglich, und es sollte das Gebot der Stunde sein, diesem Vorfall einen ernsten Hintergrund zu geben.«

»Du meinst«, entgegnet sie, »ich müsste die Soutane des Sicherheitsoffiziers enger schnallen, um dieser Tatsache zu einem gerechteren Ansehen zu verhelfen.«

»Der Frieden ist nur solange friedlich«, stimme ich zu, »solange man ihm misstraut. Die Welt hat den Kampfstiefel vor dem Menschen ins Leben berufen, womit er der Vorsehung entsprach, darin Fuß zu fassen.«

»Und ich wollte schon der schmerzlichen Idee dienen«, so Lejla, »es wäre der Beginn einer Rasur, bei der niemand sagen kann, wie nahe sie an den eigenen Hals kommt.«

Als wir so den Schnitt des Henkers an unsere Köpfe bringen, machen wir uns auf den Weg, der Basisstation diesen Zwischenfall zu melden.

»Wobei zu bezweifeln ist, dass man unseren Worten überhaupt Glauben schenken wird«, korrigiert Lejla die Richtung. »Hier scheint jeder nur noch zu begreifen, was man hinlänglich genug dementiert hat.«

So kommt dann auch der Kommandant auf den Gedanken, es müsse sich schon um einen Zusammenstoß handeln, vielleicht noch um einen unfreiwilligen Sturz, schließlich würde das Schicksal auch vor Robotern keinen Halt machen.

Es scheint sich also zu bestätigen, dass sich nur so viel Wissen vermitteln lässt, wie es dem Alltag zuträglich ist. Offensichtlich haben sie Angst vor ihrer eigenen Courage, vielleicht auch mit den Gewissensbissen, dass man bei diesem Unternehmen mit Einsicht und Klarstellung keinen müden Rubel in die Tasche zu schieben vermag. Und so führe ich auf, dass der Strang, den sie ziehen würden, irgendwann die Glocke zu ihrer eigenen Beerdigung sein könnte.

»Das meinen Sie doch nicht im Ernst«, reagiert der technische Leiter, »was Sie da in Rechnung stellen, lässt sich nur schwerlich nachvollziehen«, jedenfalls könne man von ihnen niemanden verdächtigen, zumal das Geschehen dort draußen in der Verantwortung eines Großrechners stehen würde.

»Aber das natürlich nur zur Aussöhnung für jene, die den gangbaren Weg unter der Decke vermuten«, stellt sich Wassiljew auf meine Seite.

»Die Noblesse der Probleme«, besinnt sich ein Crewmitglied, »besteht nicht selten darin, sie großzügig zu ignorieren, vielleicht noch auf andere zu übertragen. So mancher«, wie er meint, »verschrieb sich der rosa Wolken, um sich seinen Dachstuhl daraus zu zimmern. Weiß Gott«, gestikuliert er den Groll des Allmächtigen herbei, »mit ungeheuerlichen Dingen gingen wir noch nie kleinlich um. Der Glanz, den wir bisweilen bewundern, ist bekanntermaßen doch nur der Schein dessen, was uns bewegt oder wie wir es sehen wollen.«

»Schon die Brisanz dieser Mission könnte es mit sich bringen«, halte ich dagegen, »dass die Gefahrenquellen einen unterirdischen Verlauf nehmen.«

»Dennoch ist es schon einigermaßen verwunderlich,« wertet der Kommandant die Lage, »uns einen Sicherheitsoffizier nachzuschicken, gewissermaßen per Einschreiben und in der Eile, er möge sich jener Schwierigkeiten annehmen, die zuweilen weder erkennbar noch relevant sind.«

»Jeder ist der Narr, den er in sich geweckt hat«, so der technische Leiter, »die Situation kann also nur der Aufheiterung dienen, die vorhandene klare Luft gegen eine undurchsichtige zu ersetzen. Doch wie gesagt, wer mit Hirngespinsten ins Benehmen rückt, sollte sich auch der Belustigung aussetzen, sie der Allgemeinheit vorzuführen«, und schickt hinterher, dass es besonders Unbelehrbare gegeben habe, die am Ende aus lauter Verzweiflung bemüht waren, Gespenster aus ihrem Bettzeug zu schütteln.

»Wir alle reden das, was wir zu verteidigen haben«, ergreift Wassiljew das Wort, »der Clown bedient sich des Kolorits der Täuschung, die Ölsardine der Blechdose und die Pflaumen des Einmachglases.«

»Und wie steht es mit den Ignoranten«, will Lejla wissen, »haben sie sich erst einmal an den Ungelegenheiten verbrüht, die sie stets verneinen, geben sie sich nackt wie ein gerupfter Hühnerhals. Wenn es das ist, was Sie wollen, werden wir uns mehr

Schwierigkeiten aufladen, als wir tragen können. So betrachtet sollten wir uns schon daran gewöhnen, dass sich niemand herausstehlen kann und der Tag angesagt ist, sich näher um ihn zu kümmern. Sein Licht krümmt sich mit der Macht der Schatten und nicht selten mit den Figuren, die sich dahinter verstecken.«

KAPITEL 14

Bis vor wenigen Tagen war ich noch der Ansicht, dass die gehörlos umhertreibenden Details sich der vorgezeichneten Bahnen besinnen würden und in das Nirwana persönlicher Zufriedenheit zurückkehrten. Im Augenblick jedoch bin ich mir sicher, dass ich lediglich dem versöhnlichen Beitrag einer Wunschvorstellung nachkam. Aber wie so oft steckt die Weltanschauung in den Beinen einer Gazelle, man bemisst mit Vorsicht die Distanz, die man geringe Zeit später mit unerwartet großen Sprüngen zu bewältigen hat.

»Du wirst es nicht glauben«, befindet Lejla, »wirklich anwesend ist hier niemand, nicht einmal zum Schein. Sie sind zwar immer vor Ort, aber eigentlich außerhalb der Reichweite ihres Selbst, als würden sie mit den Augen den Abgrund suchen und mit den Füßen ihren Sturz entschuldigen. Manchmal höre ich das Papier in ihren Köpfen rascheln, jene Vokabeln, mit denen sie einstmals ihren Verstand sortierten, Entwürfe planten und sich selbst übertrafen. Und dann das, Krähen, die auf der Lauer sind, mit einem Vorrat linkischer Absichten und der bedauernswerten Erkenntnis, den verbalen Tod in die eigene Wahrheit verlegt zu haben.«

»Die Sprache will mit dem Löffel zum Mund geführt werden«, erwidere ich, »Silbe für Silbe und nicht mit dem Experiment Alles oder Nichts, Schweigen oder Sterben. Es ist der Narr, der sich zum Schatten der Könige macht, der bedingungslose Trottel, den Gott zum Gefallen anderer geschaffen hat. Insofern geschieht nichts, was sich nicht auch in der eigenen Suppe wieder finden ließe. Wer nicht der perfiden Philosophie einer Zweiseitenwelt nachkommt, steht knöcheltief im Sickerwasser paradoxer Erklärungsversuche. Es ist, als würde man die Erbsen verwerfen, um der

Schote gerecht zu werden, als wolle man die Geige aus Glas, um zu sehen, wie die Musik dort hineinkommt.«

»Das heißt«, gesellt sich Wassiljew hinzu, »es ist Halloween, und Sie haben den seligen Entschluss gefasst, den Kürbis mit der Lanze aufzuspießen.«

»Sie können daran partizipieren«, ermuntert ihn Lejla, »hier passiert nichts, was nicht beliebig veränderbar wäre. Voller Gefahren ist, was sich windet, die Schlange im Baum, die den Ast zu ihrem persönlichen Aussehen gemacht hat, wissend oder unschuldig. Alles das sollten Sie bedenken, wenn Sie die Größe der Hausnummer auf den Briefkopf bringen wollen. Im Klartext, das auf dem Mond geförderte strahlenarme Helium Isotop dürfte für so manchen überhöhten Aggregatzustand der Crew verantwortlich sein. Zumal nicht auszuschließen ist, dass hellhörige Konzerne dieses Unternehmen fürchten und mit entsprechenden Geistern zu Diensten sind. Nicht zuletzt sich mit hiesigen Kernkraftwerken Energien freisetzen ließen, die per Mikrowellentechnik äußerst kostengünstig und umweltschonend zur Erde hin verschickt werden könnten.

»Aber das haben Sie sich doch soeben selbst ausgedacht«, zeigt sich Wassiljew erstaunt.

»Nicht unbedingt«, halte ich dagegen, »zur Politik der Weltraumfahrt gehört es, mit der Industrie zu denken. Und da unterscheidet sich der Kreml nicht vom Pentagon. Zuerst muss die Kasse stimmen, und dann wird man sich der Moral der Dinge annehmen.

»Also ein ganz normaler Vorgang«, beschönigt Lejla, begibt sich wieder in den Zeitraum des unmittelbaren Geschehens und bemerkt, dass der Kommandant nach ihren Berechnungen nur für zwei Stunden Sauerstoff besäße, er aber diese Zeit bereits um 15 Minuten überschritten hätte.

»Vielleicht hören Sie auch ganz einfach nur die Flöhe husten«, so Wassiljew, »nur weil wir zu dritt kamen, sind wir nicht die Weisen aus dem Morgenland, schon gar nicht die Propheten, die alles besser wissen.«

»Aber Sie teilen die Meinung«, erwidert Lejla, »dass wir die Fragen präziser formulieren sollten und es von Vorteil wäre, genauer zu recherchieren.«

Indessen wir nun in die besondere Einstellung hineinwachsen, der Ungewissheit die Feigheit zu nehmen, hegt die Besatzung die Absicht, dem zwielichtigen Trabanten einen Besuch abzustatten.

»Sicherlich ist es edelmütig, sich einer derartigen Expedition zu stellen«, fühlt sich Lejla angesprochen, »aber kennzeichnet es nicht auch den Leichtsinn, derart schnell in die Pedale zu treten. Wir wissen, was dem Roboter widerfahren ist, nicht aber, wie es sich ereignet hat. Wir kennen die Vorderansicht des Mondes, nicht aber seine abgekehrte Seite und alles das, was dort im Dunklen verborgen liegt. Außerdem ist zu befürchten, dass dieses Ding, das da draußen sein Unwesen treibt, seinen Vernichtungsexzess nicht ausschließlich auf Metall bezieht und möglicherweise sogar eine Gefährdung des gesamten Unternehmens darstellen könnte.«

»Sie sehen«, klettert Wassiljew in seinen Raumanzug, »der Schnee schmilzt unter der Sonne, trotz der Kälte, die ihn gefangen hält. Würden wir also weiterhin den Ast, auf dem wir sitzen zum Schlafen benutzen, müssten wir uns fragen, inwiefern wir noch der eigenen Arroganz Herr sind.«

Lacht, als seien ihm die Zähne soeben ins Glas gefallen, schickt den Zeigefinger an seinen Helm und unterstreicht mit höhnischer Mimik, dass der Narr im Menschen stets wusste, wie man die Zoologie der Geschichte bei Laune hält.

Eine Weile später kriecht dann auch die Luft durch unsere Station, als würde sie durch einen Haufen von Schlangen genährt, als stünden wir in einem Tümpel, der krank vor sich hin schnauft, der zischend zu verstehen gibt, dass anders gemeinte Gedanken auch nur Illusionen sind. Dabei ist es im Augenblick nur der Atem des Außenteams, den wir zu hören bekommen, und dennoch scheint es mehr zu sein als das pure Geräusch ihrer Lungen, es ist, als gingen sie mit der Angst im Rücken spazieren.

»Hallo, die da im Trockenen Gebliebenen«, meldet sich Wassiljew zu Wort, »außer, dass es Sterne regnet, gibt es nichts, was uns in Erstaunen versetzen könnte. Offensichtlich sind die einfachsten Wahrheiten wohl immer jene, auf die man zuletzt kommt.«

Schildert überdies die stoische Betriebsamkeit der Roboter und ihren geruhsamen Eifer, die Container randvoll mit Erz zu beladen.

»Sie werden es mir nicht glauben«, unterbricht ihn der technische Offizier, »so sehr ich auch den maschinellen Fortschritt verehre, hier allerdings könnte man auf die Idee kommen, er müsse schon dem Gegenteil menschlicher Poesie entwachsen sein. Selten habe ich Bedrückenderes vermerken können. Das ist nicht die Technik von gestern, über die wir reden, es ist etwas, das Gehorsam übt und nach Vernichtung riecht, etwas, das sich total vom Ursprung der Realität entfernt und so ausschaut, als hätte es sich selbst geschaffen.«

»Sie predigen den Glauben zu einer ungünstigen Zeit«, so Wassiljew, »erst waren es die Lügen, die uns schreckten, jetzt ist es die Wahrheit. Gehen Sie also voran und kehren dem architektonisch verunglückten Evangelium den Rücken zu. Der Pfad der Erkenntnis ist eine kurzlebige Landschaft, vor allem dann, wenn sich der Teufel darin versteckt hält.«

»Gäbe es nicht die Übertreibung«, vermittelt Lejla, »käme die Angst als Zwerg zur Welt.«

»Na schön«, schließt Wassiljew auf, »dann wäre es die Langeweile, die uns das Grauen lehrte. Wir Menschen werden immer einen Grund finden, worin wir unser Misstrauen aussäen können.«

»Aber das sollte nicht das Thema sein«, erwidert Lejla »zur Eigenart unseres Daseins gehört es, sich in mysteriöse Dinge zu verstricken, wohlwissend, dass es sich hierbei um ganz normale Uneinsichtigkeiten handelt.«

»Dann sind wir ja auf dem richtigen Weg«, entgegnet Wassiljew, »würden wir uns ernster nehmen, hätten wir bestimmt einen solideren Beruf gewählt, vor allem jedoch müssten wir jetzt nicht irgendeiner aufgezwungenen Illusion die Pantoffeln nachtragen.«

Derweil nun die beiden zu ihrem ganz persönlichen Gespräch finden, steuert Lejla den verbalen Pegelstand der drei anderen Kollegen aus. Im Detail, sie reinigt mit beschwichtigenden Worten die Spurrillen ihres Argwohns und vermerkt mit sanfter Weiblichkeit, dass sie mit höchster Vorsicht ans Werk gehen sollten. Außer ihrem Verstand hätten sie nichts, was sie einbringen könnten. Was immer sie also wahrnehmen würden, sie müssten sich in Erinnerung rufen, dass sie einen gebührenden Abstand zu wahren hätten, sowohl im Sinne ihrer äußerst anfälligen Hülle als der Tatsache entsprechend, sich selten so mutig präsentiert zu haben.

Aber wie so oft sind dies genau die Momente, da sich die Normalitäten verabschieden und Ratschläge als überholt erweisen. Hier bezüglich des eiligen Widerrufes der Bodenstation, die Crew möge die Observierung des Mondes unterbrechen und auf einen späteren Zeitpunkt verlegen. In der Zentrale stelle sich die Unsicherheit ein, wie wirkungsvoll ein derartiges Unternehmen überhaupt sein könne, wenn die soldatische Erfahrung fehle. Und der Fragwürdigkeiten längst nicht genug, so zeigt man sich besorgt, dass die mysteriösen Erscheinungen auf dem hiesigen Trabanten möglicherweise durch einen defekten Großrechner zu Stande gekommen seien.

»Ich hoffe, mir sagt jemand, dass ich träume«, so Lejla, »hätte ich es nicht schon geahnt«, schimpft sie, »wüsste ich nicht, womit ich meinen Aufenthalt hier oben rechtfertigen könnte. Zuerst fallen die Roboter gegenseitig über sich her, dann verschwindet der Kommandant, und nun steht offensichtlich ja die Sicherheit der gesamten Mannschaft in Frage.«

»In der Tat«, so Oberst Nicolai, »Sie haben das Problem, die Leute auf die Station zurückzurufen, wenngleich Ihnen die Order obliegt, sie nicht unnötig damit zu schockieren.«

»Das heißt«, sieht sich Lejla in die Pflicht genommen, »ich versuche dem nie stattgefundenen Gespräch die Kopfschmerzen wegzumassieren. Sie lehnen sich befriedigt in den Sessel und hoffen, es möge sich jeder so dumm zeigen, wie ich ihnen die Dinge verkaufe. Wirklich schöne Aussichten«, gibt sie ihre Skepsis bekannt,

»sollte Ihnen zwischenzeitlich eine bessere Lösung einfallen, wäre ich Ihnen sehr verbunden, Sie würden der Redlichkeit zuliebe die Aspirinpillen gleich mitliefern.« Wendet sich mir zu und meint, dass das der Anfang vom Ende sein könnte. Jedenfalls höre sie zwischen den Zeilen das Ticken einer Zeitbombe und vermute, dem Gesang der Engel selten so nahe gewesen zu sein.

Kapitel 15

»Wer sind Sie, der Prognosen wie Milchflaschen vor die Tür stellt, der Mozarts Musik über seine ureigensten Hörfrequenzen einschaltet, der mit mathematischen Formeln hausieren geht, an denen sich hochgebildete Professoren den Kopf zerbrechen? Wer sind Sie wirklich?«, stellt sich Lejla ihrem Unmut, »Sie kommen als Astronaut aus dem Nichts, brillieren mit Hypothesen wie Seifenblasen, Sie bewohnen ein Schloss, das Ihnen nicht gehört und werden nicht im geringsten Maße rot dabei. Sie werden geliebt und sind gefürchtet, bei einigen sogar mit der Toleranz, in beidem aufgehoben zu sein. Mit anderen Worten, Sie hören Stimmen, die dem Heiligen Vater nicht einmal vergönnt sind. Und wer sagt uns, dass alles das, was passiert, Sie nicht persönlich beeinflussen, dass das Tor der Sterne Ihr Zuhause ist und Erscheinungen reflektiert, die über den normalsterblichen Verstand hinausgehen?«

»Aber das ist nicht Ihre Meinung«, bemühe ich mich, dieser Legende den Atem zu nehmen, »schon der gute Geschmack müsste Ihnen etwas anderes zuflüstern. Wir haben zwar den Kontakt verloren und besitzen die Gott verdammte Stille, die uns den Verstand raubt, aber wir haben immer noch uns, und wenn wir unseren Schnabel auch weiterhin an die Tasse bringen, sollte es uns gelingen, Schlimmeres zu verhüten. Solange wir unsere Gedanken zollfrei handeln können, solange sind wir noch in dieser Welt, auch wenn wir hier und da mit ein paar Hirnrissigkeiten herumlaufen.«

»Sie meinen«, so Lejla, »es ist Mitternacht, und der Knochensammler bespielt lediglich sein eigenes Skelett. Frontal veranschlagt mit der Zuversicht, er möge uns um Himmelswillen nur so bedeutend nehmen, wie wir uns zurzeit fühlen.«

Begibt sich mit fröstelndem Blick an die Fensterscheibe und befindet, dass ihre Großmutter wohl zu Recht die Beleuchtung des

Mondes an die Andacht weitergab, sein Licht müsse schon aus dem Stoff verstorbener Seelen gewebt sein.

»Die Vergangenheit«, halte ich fest, »hat unsere Erinnerung mit immer größer werdenden Unsicherheiten versehen, mit Fäden, die entlang ihrer Stricknadeln verunglückten, um der so genannten Mustergültigkeit hochaufgesponnenen Seins den friedfertigen Beigeschmack der Vergänglichkeit beizumischen.«

»Womit wir der momentanen Konstellation weder ein Puzzle entwendet noch eines hinzugefügt hätten«, ereifert sie sich, »das, was uns zuweilen so penetrant zur Seite steht, sind wir möglicherweise selbst, wir in der Gastgeberrolle des Teufels, jener Spukgestalt, die wir eigenhändig an die Wand malten.«

»Ich gebe zu«, erwidere ich, »es gibt keine Fragen, die dringlicher zu beantworten wären als genau diese, die wir besser nie gestellt hätten. Wir sind die Spatzen in der hohlen Hand persönlicher Verzweiflung, und nun erwarten wir, dass unsere Ideen sich musischer erweisen mögen als unser Gesang.«

Überdies ist es dann der Blick, den wir gegen uns selbst richten, der uns so dastehen lässt, als suchten wir die Ohrfeige, der wir im Zorn begegnet sind. Und es sind die vielen Widersprüchlichkeiten, die mit immer neuen Fragen kommen, die neue Gespenster ausleuchten und uns allmählich in die Reichweite persönlichen Misstrauens bringen.

»Und was wäre«, wendet sich Lejla der Lösung des Rätsels zu, »wenn wir dem Gesicht der dritten Art unser persönliches Aussehen zukommen ließen, die Karten dieser Welt zwischen Sein und Schein entfalteten und so täten, als hätte uns soeben eine Tachyonenwolke verschluckt. Irgendwo hier zwischen heute und gestern und der erprobten Möglichkeit, dass dem simpelsten Schatten, der die Wand ziert, der Hund von Baskerville entspringen könnte. Wie sagten Sie doch, alles ist möglich, wenn es nur verrückt genug ist.«

»Was aber würde sein, wenn das Moor die Bestie gefangen hielte und es nur unsere eigenen Zähne wären, die wir dabei auf Reisen schickten«, entgegne ich.

»Jetzt, da wir wissen, dass das Gedächtnis das kausale Sieb zwischen Unschlüssigkeit und Verlegenheit darstellt«, hält sie das Thema bei Laune, »sollten wir uns der Eingebung verschreiben, die pragmatischeren Aussichten mögen sich darin verfangen, vielleicht sogar solche, die dem Glauben noch nicht abgeschworen haben, dass der Tunnel am Ende die Schwärze frisst, die er sich selbst zugedacht hat.«

Tupft sich mit einem Rougeschwämmchen die Blässe aus ihrem Antlitz, richtet sich gegen den Schatten ihres Selbst auf und versichert in gewohntem Stolz, ihr Dasein so teuer zu Markte zu tragen, wie es ihr Zorn zuließe.

»Es liegen also genügend Gründe vor, den Tag in die Schuhe zu bringen«, werte ich ihre Worte, »außerdem scheint das Vertrauen zuweilen barfuß zu laufen, und das käme weder unserer Empfindsamkeit noch der momentanen Situation entgegen.«

»Aber Sie möchten nicht behaupten«, so Lejla, »wir könnten dem Ansehen dieses Unternehmens dadurch auf die Sprünge helfen, dass wir mit der winzigen Silbe des Du das gesamte Alphabet zwischenmenschlicher Verträglichkeit bestreiten würden.«

»Möglicherweise wäre es ein Anfang, so unscheinbar dieser Knorpel uns auch erscheinen mag, er verkürzt den Weg zueinander und verhilft dem Rückgrat zu einer besseren Haltung.«

»Niemand garantiert, dass es nicht auch anders kommen könnte«, so Lejla, »übermäßiges Vertrauen ersetzt die Wachsamkeit. Es ist ein Steg, dem das Geländer fehlt, der genau diesen Leichtsinn benötigt, um mit der Moral dieser Welt ins Geschäft zu kommen. Nun wissen Sie«, gibt sie sich meiner Verwunderung hin, »Abstand ist der Anfang aller Weisheit.«

Drückt ihre Nase ans Fenster, stellt sich in die Zugluft ihrer kurzweiligen Philosophie und bescheinigt, soeben die aufgeblähte Hochzeitstorte eines Astronauten bemerkt zu haben.

»Sehen Sie nur«, zieht sie mich an ihre Seite, »wenn das nicht Wassiljew ist, bin ich Maria Magdalena. Der hopst immer schon so wie der Deckel auf dem Suppentopf.«

Erstaunlicherweise sollten wir dann auch nicht lange warten, um den vermeintlichen Dampfkessel durch die Schleuse zu lotsen. Wenngleich sich natürlich alles automatisch vollzieht, und unsere Bemühungen sich mit leeren Händen ziemlich totlaufen.

Was wir im Moment mit Fragen und Staunen bewegen, käme eher dem Amüsement entgegen als der leidlichen Ungewissheit, alles in Erfahrung bringen zu wollen. Aber so sehr wir beide uns auch seiner Aufmerksamkeit versichern möchten, er steht da, als sei er kopfüber von der Dachrinne in einen Eiszapfen getropft. Erst nachdem Lejla seine Hände aus der Kälte reibt und über die Ängste berichtet, die wir auszustehen hatten, fühlt er sich bemüßigt, seinem Schweigen ein paar Informationen hinzuzufügen, wobei sich in mir nicht das Gefühl einstellt, er hätte das Sprudelwasser erfunden. Andererseits ist es natürlich mehr als verständlich, wenn er seinen angegriffenen Aggregatzustand zunächst einmal in die Nähe seiner Lebensgeister zurückbefördern möchte. Die Wahrscheinlichkeit, dass er mehr zu berichten hat, als uns lieb sein könnte, wird sich noch früh genug erweisen. Jedenfalls nimmt er für den Betrachter zuweilen die unzweckmäßigste Haltung ein, um noch den Eindruck zu erwecken, er sei mit Gleichgültigkeiten verwöhnt worden. Tatsache ist, dass seine Beine eher in den Boden zu wachsen scheinen, als sie ihm noch zu seiner ursprünglichen Größe verhelfen könnten.

»Da glaubten wir doch«, sammelt er seine Sprache zusammen, »die Welt wäre mit der Erschließung des Alls heller geworden oder hätte sich uns begreiflicher gemacht. Nun aber müssen wir feststellen, dass es nur die Schatten sind, die wir ernten und das Unvermögen, sich ihrer Schauerlichkeit zu widersetzen. Dies, was hier draußen passiert, entbehrt bisher jeglicher Logik, und nicht nur im Zusammenhang ihrer Ursächlichkeit, ebenso sehr im Hinblick unserer persönlichen Empfindung. Es ist, als wäre man ohne Willenslenkung für nichts zuständig, und doch geschieht alles, was uns beherrscht, das unsere Gedanken beeinflusst. Plötzlich reist man mit Bildern im Kopf, an denen sich Hironymus Boschs Irrsinn geradezu normal herausnimmt. Es ist, als würde man den Donner satteln und mit Blitzen reiten, als beeilte man sich, den Tod des Lebens zu feiern, schwebte über Marmortreppen hinweg und stünde für eine Weile in der absoluten Reinheit des Nichts, gleich dem Engel im Portal des Jüngsten Gerichts. Natürlich nur bis zu dem Moment, da sich die Landschaft deiner wieder annimmt und du feststellst, dass sich eigentlich nichts verändert hat, außer, dass die Kollegen, die man vorher noch gesehen hat, mit einem Male verschwunden sind. Und nicht nur das, man tropft durch die Leere des Körpers, vergärt in einer Brühe aus Hellsichtigkeit und Selbstzweifeln und dem ausgeplünderten Gefühl, soeben der eigenen Abwesenheit begegnet zu sein.«

»Das Ding, das uns da zuweilen aufsitzt«, folgere ich, »ist womöglich um einiges realistischer als wir zu glauben wagen. Jedenfalls sollten wir die Tatsache segnen, den ungeheuerlichen Vorgängen bisweilen entkommen zu sein.«

»Wenigstens sollten wir uns davor hüten, mehr zu sehen, als die Leinwand hergibt«, so Lejla, »noch fahren wir den gleichen Film, und es ist nicht so, als wüssten wir nicht, worüber wir redeten.«

Begibt sich im Glanz ihres engelhaften Aussehens auf den Weg in die Kombüse, beschwört den Duft frischen Kaffees und offenbart, dass jene, die mit den Sinnen reisen, dem Verstand entgegen eilten.

»Die Wahrheit hat mehr Namen, als wir uns merken können«, schaut Wassiljew durch die Schwärze seiner Mokkatasse, »und wenn ich vermuten sollte noch für längere Zeit. Schieben wir die eine Schlange in den Korb, schlängelt sich die Nächste wieder heraus, womit wir immer aufs Neue für das alte Problem gefordert sind. So wie es aussieht, kommen wir weder von der Stelle noch finden wir uns dort ein.«

»Nun wollen wir ja nicht gleich die letzte Seite des Logbuches aufschlagen«, verteilt Lejla ihre Ansicht, »bevor wir die Feder aus der Hand legen, sollten wir den Titanen den Kampf ansagen und wenn nötig, unter Einsatz unserer Lebensgeister. Und wer sagt uns, dass die Götter ihr Urteil schon über uns gefällt haben. Zwar hängen in der Takelage unserer Möglichkeiten bisweilen mehr Gespenster als

Ratschläge, auch fehlen die entsprechenden Lunten, um die nichtvorhandenen Geschütze zu zünden, aber wir haben uns und den Willen, den Gegner zu täuschen, vielleicht sogar bis zum rettenden Raumschiff hin.«

»Wie sagten Sie doch«, ermittelt Wassiljew, »der Sockel, auf dem die Helden ruhen, ist von innen her hohl, und ich sehe weder den Grund noch die warmherzige Predigt, um diese Ahnengalerie mit einem weiteren Narren zu bereichern.«

»Wir haben im Augenblick sicherlich nicht die passenden Antworten an der Hand«, stimme ich zu, »und fast alles läuft konträr der Richtung, die wir uns vorgeben. Andererseits wäre es eine unverzeihliche Sache, keine Meinung mehr zu haben. Es wäre die dümmste Art der Seelenruhe, sich freiwillig in sein Schicksal zu ergeben. Dies kann niemand wollen und eigentlich auch nicht ernst gemeint haben.«

Kapitel 16

Eine der erstaunlichsten Erscheinungen ist wohl jene, die man sich selbst ausdenkt, die der nebulösen Landschaft ungenutzter Möglichkeiten entsteigt und in der Annahme existiert, soeben dem Quell allen Ursprungs begegnet zu sein. Offensichtlich gibt es diese Stimmen, die aus der Zukunft kommen, die Erinnerungen sind, wenngleich ihnen nie eine Vergangenheit beschert war. Jene sonderbare Gestaltwerdung, die dem Nichts dient und dem Weltlichen zugeneigt ist, die mit ihrem angeborenen Tod lebendig genug erscheint, dem trostlosen Individuum Mensch ihre Freundschaft anzubieten.

»Die Schafe, die ich diese Nacht gezählt habe«, läuft mir Lejla über den Weg, »werde ich wohl noch eine Weile als Herde hüten müssen.«

Beschreibt die enorme Identität untereinander und erklärt, dass sie nicht ein einziges habe definieren können. Wobei sich die Frage stellt, ob sie nicht schon damit begonnen hätte, geklont zu denken.

»Was immer diese Schafe angestellt haben mögen«, erwidere ich, »es hat der guten Laune offenbar nicht geschadet.«

»In der Tat«, so Lejla, »wir sollten die Späne tanzen lassen, die diesem Morgen abfallen. Wir haben den Griff in die Sanduhr gewagt und den Tag stillstehen lassen, nun wollen wir unser Haupt damit bestreuen und dem überpersönlichen Vater unseres Bewusstseins die Chance einräumen, sich mit der richtigen Entscheidung zu vermählen. Außerdem sollten wir dem tausendmaligen Hin und Her ans Gedächtnis gehen und der Wahrscheinlichkeit beitreten, dass das, was wir derzeit so detailliert mystifizieren, ganz normale Roboter sind, total irrsinnig vielleicht, aber nicht so allmächtig, als müssten wir dem Sockel ihrer Macht kniend vorstehen.«

»Das dachte ich auch«, schließe ich auf, »und während du die Schafe zähltest, kam mir die Idee, den Blechgespenstern an den Stromkreis zu gehen. Vollzog triumphierend, worauf ich eigentlich schon längst hätte kommen können und harrte der Dinge, die nun geschehen sollten. Das Fenster wurde immer breiter und die Neugier, was sich nun tun sollte, immer größer. Zumal für sie die Ladestation bisweilen so etwas wie eine göttliche Inspiration darstellen musste.«

»Und dann«, lässt Lejla meine Worte gleich einer Gebetsmühle kreisen, »was geschah dann?«

»Eigentlich nichts, der Sand vor der Station wurde bleicher und die Roboter immer lebendiger. Und so sehr ich meinen Kopf bemühte, er verweigerte ganz einfach seine Mitarbeit, letztlich mit der Konsequenz, dass ich an den Ort der Tat zurückkehrte und zu begreifen versuchte, was es zu begreifen gab. Und das dichtete sich für den Moment so an, als hätte jemand meine Absichten erkannt und die Sicherungen ganz einfach wieder auf die alte Position gebracht.«

»Das ist nicht möglich«, schüttelt Lejla den abergläubischen Bewuchs ihres Kopfes, »wenn das die Wahrheit ist, dann werden wir uns schlimmer misstrauen, als wir es mit unseren kühnsten Träumen zu beschreiben vermögen.«

Prüft mit ihrem Blick den Echtheitsgehalt meiner Aussagen und bescheinigt, dass ich ihr wohl soeben den Apfel nachgeliefert hätte, der ihr noch zur Grundlage des Christentums fehlte.

»Wer will dieser wahnsinnigen Geschichte Glauben schenken«, fühlt sich Wassiljew von uns angezogen, »eine derartige Aktion ließe sich doch jederzeit wiederholen. Der Verdacht, es könnte also jemand von uns sein, steht doch einigermaßen auf unsicheren Beinen.«

»Sie meinen«, so Lejla, »wir sollten die Befürchtungen in den Wind blasen, bevor sie Wurzeln schlagen.«

»Ich denke«, so Wassiljew, »wir sollten derartige Unternehmungen künftig gemeinsam planen, wir würden uns weniger misstrauen und kämen der Gewissheit näher, nichts überstürzt haben.«

»Zu viel Behutsamkeit«, zeigt sich Lejla gerührt, »lähmt jede Aktion und ist, wie man weiß, ein weiteres Attribut der Feigheit. Wir haben den Porzellanschrank aufgemacht«, gibt sie sich überzeugt, »nun werden uns doch nicht die wenigen Tassen schrekken, die dort noch aufbewahrt stehen, weder im Sinne feinfühliger Nachsicht noch im Bemühen, Vorsicht walten zu lassen.«

»Ich würde das mit Aufmerksamkeit und Sorgfalt bezeichnen«, so Wassiljew, »solange wir nicht garantieren können, dass wir frei sind von irgendwelchen mystischen Erscheinungen, solange sollten wir achtsam vorgehen. Kommt man schon in kleinen Dingen nicht vorwärts, wird man sich die größeren Schandtaten erst recht nicht leisten können.«

»Wir sind nicht in der Position, uns die Möglichkeiten auszusuchen«, entgegnet Lejla, »worauf sollten wir schon warten, der Teufel wird es nicht mehr sein, dem wir begegnen, der sitzt bereits seit einer Weile an unserem Tisch und lässt sich kräftig durchfüttern. Was sollte uns also noch beeindrucken, es ist die Zeit angesagt, da wir der Tat zuliebe den Zwerg in uns auf die Größe eines Monsters trimmen sollten. So attraktiv er sich auch im Vorgarten unserer Überlegungen macht, zur Naivität gelangt er spätestens, wenn er sich unserem Ebenbild annähert und den ewig Unentschlossenen spielt. Was schon verfälscht den Ausgang der Geschichte mehr als Müßiggang und Passivität. Zudem wäre es doch äußerst überheblich, so zu tun, als hätten wir noch etwas zu verlieren.«

Stellt ihren Körper in den marmornen Sockel der Athene, wächst gleich dieser Göttin über sich selbst hinaus und verwettet ihr prächtiges Haupt, dass der hiesige Trabant nicht der Wurm sein wird, der sie an die Angel bringt. Bewaffnet sich mit einem Schemel, erklärt für sich den Ausnahmezustand und schreitet sichtlich erlöst an unserer in Stein gemeißelten Verblüffung vorbei. Besinnt sich der Grundsätze eines Wirbelsturms, bricht in die Schaltzentrale ein und zerschlägt, was nur im entferntesten nach Sicherungen ausschauen könnte, und wenn man Schlimmeres in Rechnung stellen sollte, den Betrieb der gesamten Lebenserhaltungssysteme.

»Nun sind wir dem Gewesenen näher denn je«, schüttelt sich Wassiljew durch die Kälte seiner Glieder und bezeugt, dass der Atem von jetzt an kürzer würde, die Lungen enger und der Verstand systemloser. »Und nicht nur das, die Courage, die wir in uns zum Leben vorfinden, wird keineswegs genügen, um sich damit das Sterben zu erleichtern.«

»Dann finden wir ja genügend Gründe, uns diese Schmach zu ersparen«, gibt sich Lejla dem Triumph ihrer Handlung hin, »zwischen Gelingen und Misslingen gibt es Raumschiffe, die wir zur Flucht nützen können. Wir müssen nur die Beine unter die Arme bekommen, und wenn uns dabei noch ein Kopfstand gelingt, wird die Kleinigkeit, sich in Freiheit zu bringen, nicht mehr als ein Spaziergang sein.«

»Aber Sie denken nicht an eine Zirkusnummer«, scheitelt sich Wassiljew seine 35 Haare, stellt sich in den Spiegel des Fensters und beteuert sinnigerweise die Aussichtslosigkeit, jenes Problem mit dem Mut der Verzweiflung lösen zu wollen.

»Es ist beruhigend festzustellen,« so Lejla, »dass Sie zu einer Entscheidung gefunden haben. Vor allem aber besitzen Sie von nun an das Privileg, so ganz für sich selbst verantwortlich zu sein. Und der Schätze nicht genug, wir haben unseren Schatten zu der tief greifenden Einsicht verholfen, dass es Wahrheiten gibt, die der Hölle dienen und dabei nicht einmal gelogen sind.« Unterwirft sich der Muße, sich zu bekreuzigen, und prophezeit, dass uns die Kälte von nun an schneller erreichen würde als die Erkenntnis, dass auf dieser Station eh nichts mehr stattfinden wird.

Inzwischen ist es dann auch der fehlende Sauerstoff, der uns in den Raumanzug hilft, die unheilvolle Einsicht, dass alles Warten nur die Resignation bestärken und den möglichen Absprung in die Freiheit nur einschmälern würde. Ein weiteres Merkmal, sich der Gunst des Augenblicks zu verschreiben, besteht in der glückseligen Tatsache, dass die Roboter hier draußen an Laufreudigkeit eingebüßt haben und teilweise so dastehen, als hätte die Welt sie ausgeladen. Dennoch wäre es sicherlich vermessen zu glauben, wir hätten den Stier bereits aus der Arena getragen.

Die Gewandtheit zu gefallen ist die Kunst zu täuschen, insofern werden wir immer mit einigen Visionen mehr belastet sein, als es den Ängsten genehm ist. So betrachtet, ist es der Windzug des Jenseits, der unsere Nase reibt, und als hörten wir schon die Tür dorthin knarren, schicken wir unseren gesamten Mut ins Rennen, dieser verhinderten Kaffeetafel nicht das Gefühl zu vermitteln, man wäre der Keks, an dem die Welt genesen könnte. Wie man also sieht, entsprechen die Absichten dem Blendweiß der Zähne, zuweilen sogar mit der hehren Verwegenheit, sie über die Zumutbarkeit dessen, was uns erwartet, zusammenzubeißen.

Bevor ich allerdings dazu komme, Konkreteres unter Kontrolle zu bringen, sehe ich, dass die Roboter sich nun doch in Bewegung setzen, und Lejla der wundersamen Vorsehung verfällt, die Gegnerschaft im Sprung zu nehmen. Stellt mit den Füßen unter Beweis, was das Trampolin verspricht, und erfleht mit den Händen, wozu nur die Götter in der Lage sind, es ihr zu gewähren. Segnenderweise sogar mit der Fähigkeit, stets dort anzukommen, wo niemand sie erwartet. Ein Zeichen, das natürlich zu der Überlegung führt, es unmittelbar als Vorbild zu wählen. Und während so der eine oben, der andere unten ist, sind es die Roboter, die sich vor- und rückwärts bewegen, ist es die Leere, in die sie hineinlaufen, die magische Fehlleistung, sich auf eine bestimmte Person zu konzentrieren.

»Irgend etwas muss der Teufel übersehen haben«, entdeckt nun auch Wassiljew ihre Unsicherheit, »Technik gegen waghalsige Pirouetten, wer hätte das gedacht.« Intensiviert seine Ballettkünste, dreht den Kreisel seines Lebens und ruft fast schon euphorisch zur letzten Offensive auf. Aber wie sooft, da man sich am Ziel wähnt, genügt eine Unachtsamkeit, seinen Gegnern den Vortritt zu überlassen. In diesem Augenblick mit der schrecklichen Tatsache, dass Wassiljew zu Boden gerissen wird, sich einer der Titanen über ihn hermacht und seinen Anzug in Stücke zerfetzt. Wollte man Gruseligeres vermelden, über das Maß der Vernichtung hinaus und die schändliche Wahrheit, dass der Wolf nichts zurücklässt, was größer ist als zehn Zentimeter.

»O Gott, nun ist alles vorbei«, kämpft Lejla gegen ihre Atemlosigkeit an, »das ist ja Wahnsinn.«

»Wobei es die Hölle werden wird«, versuche ich es auf der Welle des Zorns, schiebe sie durch die Luke des Raumschiffes und erteile ihr den Rat, sich eiligst ans Cockpit zu begeben.

»Diesen Abflug zu verpassen«, gebe ich meiner Aggression Auftrieb, »hieße alles für nichts riskiert zu haben.«

»Nun wollen wir diese Schande ja nicht perfekt machen«, steckt sie ihren Kopf durch die Schmach des Geschehens, »wir haben zwar nicht den Überblick eingefangen, dafür aber genügend Dampf in der Rakete, um die gepanzerte Ritterschaft das Staunen zu lehren.«

Und obschon ich ihrer Worte ernsthaftester Zuhörer bin, geschieht es mir, als hinge ich gleich einem Bündel Fledermäuse von der Decke. Kaum eine Parzelle meiner Haut, die noch mit mir ihren ursprünglichen Platz teilt. Es ist, als würde die Welt um mich in einem einzigen Schrei auffliegen. Und es sind nicht die einzigen Überspanntheiten, die mich heimsuchen, kaum habe ich meine neue Umgebung anvisiert, nimmt mich der Tod abermals an die Hand, stolpere ich über die aufgeblähte Vision eines Raumanzuges, näher beschrieben, über die Gestalt des vermissten Kommandanten.

»Nun wissen wir, wie der Teufel aussieht und was wir ihm schuldig bleiben«, schimpft Lejla sich die Wut aus dem Bauch. Aktiviert den Schub der Triebwerke und schwört im Sinne der Hölle, dem Boden solange Feuer zu geben, wie sie mindestens einige dieser Terminators in Schutt und Asche gelegt hätte.

KAPITEL 17

Mit welchen Empfindungen wir uns zurzeit auch prügeln, der Film dahinter läuft weiter, ganz gleich, ob wir dabei das Gesicht verlieren, oder als Pinocchio, mehr hölzern als lebendig, in die Lächerlichkeit abgestellt sind, so auszusehen, als hätten wir immer noch die Nase vorn.

»Diese Mission«, verrät Lejla, »hat eine Menge Namen, einer davon heißt Korruption, ein anderer erbricht sich mit der Übelkeit, persönlich dabei mitgewirkt zu haben. Wobei die Befürchtung weiterreichen könnte als uns zuweilen bewusst wird.«

»Angst und Aggression«, halte ich fest, »das ist die letzte Bastion der Unfähigkeit. Und wer weiß, ob wir mit dieser Vorgabe nicht heute schon den Leichnam darstellen, den andere vertragsgemäß nachzuliefern beabsichtigen. Insofern sollten wir uns in Geduld wiegen und die Galeeren der Vergeltung fürs Erste auf dem Meer der Ahnungslosigkeit belassen.«

»Sieh es meiner Überforderung nach«, so Lejla, »aber es ist schon einigermaßen pervers, wenn wir dem Planeten Phaeton eine Zivilisation beimessen wollen, die ihn in die Katastrophe eines totalen Infernos stürzte, wenngleich sich auf der Erde die Vorzeichen mehren, dass sich Ähnliches wiederholen könnte.«

»Offensichtlich hat das Böse ein besseres Gedächtnis als das Gute«, erwidere ich, »selbst wenn sich Derartiges nie ereignet haben sollte, wäre es eine Geschichte, die sich lohnen würde zu erfinden. Die Biografie der Menschheit existiert im ständigen Bestreben zu ergründen, woran wir gescheitert sind.«

»Womit wir wieder bei der Realität angelangt wären«, blendet Lejla ein, deutet auf die flackernde Kontrollleuchte des Sauerstoffgehaltes und gibt sich der Vermutung hin, dass die Einstiegsluke entweder defekt oder nicht ordnungsgemäß verschlossen wäre.

»Unser Gegner«, versuche ich sie zu beruhigen, »ist die Klette in der Wolle verhinderter Tatsachen.«

»Und sie ist vielleicht die Erklärung dafür, was dem Kommandanten hier an Bord widerfuhr«, so Lejla, »sollte sich diese Panne bestätigen, haben wir nicht nur das Problem, unsere Raumanzüge hüten zu müssen, es könnte uns passieren, dass wir beim Eintreten in die Atmosphäre in Stücke zerrissen werden.«

»Das wollen wir doch nicht hoffen,« folgere ich, »wir haben zwar nicht den Durchblick erfunden, vielleicht aber die Melancholie dafür, intuitiv zu handeln. Außerdem liegt zwischen dem Nichts und dem Absturz in die Hölle immer noch die Raumstation Alpha. Jener unnütze Hort, dem wir vielleicht zum ersten Mal eine besondere Bedeutung zukommen lassen könnten.«

»Nun müsste eigentlich der Heiligenschein über deinem Kopf ins Leuchten kommen«, zeigt sich Lejla erleichtert und meint, dass die nahe liegenden Dinge entweder ihre kognitiven Fähigkeiten blockierten oder gar der Eitelkeit frönten, sich über den Geburtskanal des Gedächtnisses in den elementaren Bereich der Ignoranz zurückzuziehen.

Aber so sehr sie sich auch um eine Idee betrogen fühlt, die nächste ist bereits aus ihrem Nest gefallen, hier mit den inakzeptablen Berechnungen des Bordcomputers, der alle möglichen Landeplätze der Erde ausspuckt, nicht aber den der Raumstation Alpha.

»Wie wäre es«, springt Lejla aus den Schienen der Unabdinglichkeit, »wenn wir zur Handsteuerung überwechseln würden. Wenn das Wie zu schwach ist, um es zu kontrollieren, muss man es mit List und Tücke an die Leine bringen, wenn nötig auch mit ein bisschen Gewalt.«

Während wir so damit beschäftigt sind, den Unmut einzusammeln, den uns diese Expedition einbrachte, kommt Lejla auf die Zeit zurück, die uns trotz aller Hindernisse einander näher brachte. Zitiert den Erfolg unserer fruchtbaren Zusammenarbeit, kommt auf ihre morgendliche Indisponiertheit zu sprechen und bemerkt, dass das Glück sich in der Kunst einfindet, es sich zu verdienen und dann erst in der Fähigkeit, es zu genießen.

Und obgleich ich für den Moment den Filmriss meines Lebens fahre, befällt mich das Gefühl, ich hätte die Bewunderung auf meiner Seite und dies, da ich immer noch zwischen ihren Worten umherblättere und Probleme damit habe, sie ernst zu nehmen.

»Vielleicht solltest du deine Überraschung gegen die Vorsehung eintauschen, dem Schicksal vorausgeeilt zu sein«, schickt sich Lejla an, ihre Gedanken zu offenbaren, »letztlich mit der besonderen Gunst, dass unsere Seelen weiterhin unter dem Licht der Sonne verbleiben dürfen. Wenn man es noch differenzierter möchte, mit dem Trost des Himmels und dem Beistand der Hölle.«

Wenn ich nicht wüsste, wie und wann es passierte, würde ich behaupten, inmitten eines Drehbuches zu stehen und nicht, weil ich die Begegnung mit mir selbst fürchten müsste, vielmehr der Tatsache entsprechend, dass es mir schwer fällt, alle jene Gefühle unterzubringen, die augenblicklich in mir vertreten sind. Dies jedoch nur zu der unmittelbaren Frage was wäre, wenn ich die Geneigtheit meines Schicksals wieder einmal so unrühmlich unterschätzt hätte. Und nachdem ich mich dann auch der willigen Fantasie zuwende, bevorzugt behandelt zu sein, gebe ich mich der stolzen Zuversicht hin, von nun an für drei Personen zu denken. Es ist schon erstaunlich, wie schnell sich die Torheiten einfangen lassen, wenn sie mit dem Köder der Eitelkeit gelockt werden. Und als hätte ich dem Papagei in mir zum Singen verholfen, befehlige ich der geschundenen Architektur meines Geistes, er möge sich seiner alten Tauglichkeit besinnen und den Anflug an die Raumstation Alpha zu seiner ersten Bewährungsprobe machen.

»Es ist ziemlich still um dieses Krähennest«, meldet sich Lejla, »entweder haben wir eine Intuition und wissen nicht, was ihre Bestimmung ist, oder wir haben eine Bestimmung und wissen nicht, was geschehen wird.«

»Aber vielleicht wollen die Herrschaften auch ganz einfach sehen, wie wir ohne ihre Hilfe zurechtkommen. Irgend so etwas wird es wohl sein und wenn nicht, werden wir es bald in Erfahrung bringen.

»Was sagst du dazu«, wächst Lejla aus ihrer Sprachlosigkeit, »unsere Raumfähre setzt sanfter auf als die Klinge auf einer Sahnetorte.«

Schwebt mit der Leichtigkeit einer Straußenfeder an mir vorbei, wirft mir einen Handkuss zu und vermeldet, in wenigen Minuten ihrem Körper mit einer neuen frisch desodorierten Seele beizuwohnen.

»Wo immer Sie herkommen«, begrüßt uns ein Crewmitglied, »entweder haben Sie den Orbit zu Fuß durchwandert oder sind einer Zeitspalte entsprungen, jedenfalls hat Sie niemand kommen sehen, nicht einmal unser Radarsystem.«

»Was haben Sie erwartet«, erwidere ich, »wir sind aus dem Kern unserer Bestimmung herausgefallen und existieren nur in Ihrer Einbildung. Wir sind ganz einfach das, was man als ferngefundenes Gut bezeichnet, das unausgesprochene Requisit eines holographisch bemessenen Traumes.«

»Und das ist noch untertrieben«, so Lejla, »wir kommen geradewegs aus der Hölle.«

»Damit sollten Sie nicht spaßen«, steht mit einem Male Vanessa Haywood neben uns, »wir erreichen den Ort der Verdammnis schneller als uns lieb sein könnte, zuweilen genügt schon die Verblendung, seinen Verstand oder sein Herz zu verlieren.«

»Mir ist«, schaut mich Lejla entgeistert an, »als würde dich jemand beim Namen rufen«, und führt auf, dass es hoffentlich nicht das Feuer des Wiedersehens sei, das mich verzehren könnte.

»So viel Hintergründigkeit stand nicht in meinen Worten«, erwidert Vanessa, »zumal Sie nicht unbedingt den Eindruck erwecken, als hätten Sie Goldstaub an Ihren Händen. Wer so urplötzlich die Stationen wechselt, befindet sich entweder auf der Flucht oder er hat ein besonderes Verständnis zu außergewöhnlichen Dingen.«

»Vielleicht wollten Sie uns ja auch nur einen Besuch abstatten«, gesellt sich Dr. Stern hinzu, »Ehrlichkeit ist die Zuflucht derer, die keine Fantasie besitzen. Insofern sollten wir unsere Fragen erst einmal in die Polstergarnitur bringen. Was der Bequemlichkeit dient, müsste der Wahrheit entgegen kommen, obgleich Ihnen niemand unterstellen möchte, Sie hätten vergessen, welche Gründe vorlagen, als Sie sich auf den Weg machten.«

»Nicht vergessen«, beteuert Lejla, »aber das, was geschah, ist kaum dazu angetan, es vor der Türklinke ins Benehmen zu rücken, es ist ganz einfach der Horror persönlich, den wir überbringen müssten, und der lässt sich nicht so leicht in Worte kleiden. So viel sei jedoch gesagt, dass sich ein Haufen wildgewordener Roboter über unsere Crew hermachte und sie mittels ihrer Verkleinerungsmechanismen ins Jenseits beförderte.«

»Wenn man Ihnen Glauben schenken wollte«, zeigt sich einer der Anwesenden betroffen, »würde dies bedeuten, die Mondbasis hätte nicht nur ihren Geist aufgegeben, sie hätte ihre humanoide Vorherrschaft in den Dienst teuflischer Blechautomaten gestellt. Aber wer wollte schon widersprechen, dass wir auf dieser Station nicht auch schon infiziert wären. Kaum etwas, das wir nicht der Technik überlassen, weder die Nachlieferung des Klopapiers noch das Gewissen darum, wir könnten unserem Hintern Exklusiveres abgewinnen. Womit die Unwichtigkeit des Daseins angesagt ist, und der Mensch in die Schuld hineinwächst, sein Selbst mittels Desinteresse in Vergessenheit zu bringen.«

»So begrenzt würde ich das nicht sehen«, erklärt sich Vanessa Haywood, »Arbeit um der Arbeit willen ist auch nur wider die Natur. Nicht was man tut ist entscheidend, sondern wie man es verantwortet. Außerdem wäre es übertrieben behaupten zu wollen, wir hätten die Logik des Handwerks erfunden. Der Mensch ist das, was er schon immer war, ein redehungriger Dilettant mit einer Menge unbestellter Fragen im Bauch, mit Antworten, die so eitel färbt sind, dass sie einem Regenbogen alle Ehre machen könnten. Und wenn man Vertrauen mit Ehrlichkeit bemessen möchte, ein einziger Spiegel der Ignoranz, in dem sich jedes Gesicht einfindet, nur das eigene nicht.«

»Was aber wäre«, entgegnet Dr. Stern, »wenn sich beweisen ließe, dass ihre Geschichte nie wirklich passierte.«

»Worauf wollen Sie hinaus«, will Lejla wissen.

»Auf ein paar winzige Fakten«, entgegnet er, »so zum Beispiel, dass die Mondbasis uns vor dem Andocken Ihres Schiffes Ihren plötzlichen Abflug mitteilte, Sie sich völlig konfus gezeigt hätten, als wäre Ihnen ein neuartiger Virus zu Kopf gestiegen.«

»Aber das ist ja nicht möglich«, erregt sich Lejla, »wir haben den Kommandanten tot in unserem Raumschiff vorgefunden.

»Nun haben wir die Eulen zum Singen gebracht«, sieht sich jemand um seinen Verstand betrogen, »sie sitzen an unseren Schläfen und bemerken, dass die Wahrheiten, um die wir geprellt werden, sich um einiges reizvoller andichten als jene, die zwischen Irrglaube und Angst einherpendeln, die auf irgendeinem morschen Ast zu trällern beginnen und mit genetisch vorbelasteter Atonalität ihrem tatsächlichen Erscheinungsbild hinterherschreien.«

»Sie sehen«, so Dr. Stern, »die Verwirrung war selten so gut aufgelegt wie in diesem Moment, zumal sich weiterhin berichten lässt, dass das Raumschiff unserer beider Ausreißer durch unseren technischen Leiter gecheckt wurde, mit dem Ergebnis einer defekten Luke und der Möglichkeit, dass das der Grund war, unsere Station anzufliegen. Über eine Leiche ist er allerdings nicht gestolpert.«

»Was nicht besagt«, so Vanessa, »dass man Ihnen nun weniger Glauben schenken muss, ebenso ließe sich behaupten, jemand hätte den Toten zwischenzeitlich verschwinden lassen.«

»Womit wir der Spieluhr in unserem Ohr zu einer neuen Melodie verholfen haben«, so der Kollege neben mir, »kehrt man dem einen Rätsel den Rücken zu, sieht man sich gleich zwei neuen gegenüber, und wenn man orakeln sollte, mit tonnenschwerem Schutt und einer Halde, die sich erst noch finden lassen muss.«

»Sie haben den genialen Durchblick«, ermuntert ihn Lejla, »nun sitzen wir dem Mysterium des Nichtgenauwissens gegenüber und kränkeln der Frage entgegen, inwieweit das Gescheite noch praktikabel genug ist, um sich darauf berufen zu können. Haben wir die eine Hypothese auf Touren gebracht, sind es die Gefühle, die verweigern, was die Logik hergibt.«

»Wollte man Schlimmeres vermelden«, zieht jemand seinen

Stuhl zu uns hin, »müsste man sich fragen, inwieweit Sie nicht schon das Bedürfnis entwickelt hätten, sich persönlich darin zu verstricken. Sie sollten die Neugier nicht vor die Lösung des Problems stellen, wer wissen will, was wirklich passierte, müsste schon bis zuletzt einen kühlen Kopf bewahren.«

»Unser aller Übel«, vermerkt Vanessa, »besteht darin, dass wir den Filz in die Richtung auskämmen, die uns am wenigsten tangiert. Fair entlang der Devise, dass die Skepsis der wundersamen Intuition folgt, Mensch und Macht seien so eng miteinander verwoben, dass die Krone, die man sich dabei aufsetzt, wichtiger ist, als der Kopf, den man darunter am Leben erhält.«

»Im Prinzip,« so Lejla, »gibt es nur zwei Möglichkeiten der Betrachtung, die eine, die darin besteht, dass wir einen närrischen Virus anschleppten, die andere, dass wir die Wahrheit sagen, und Sie sehr bald feststellen müssen, dass der Mond den Schritt in die Zukunft tatsächlich unter die Rollen von Robotern brachte.«

Verschickt ihren Körper in die Kratzbürstigkeit einer Raubkatze und weist darauf hin, dass ihnen hier gleichartiges widerfahren könnte. »Jedenfalls sieht hier niemand so aus, als hätte er die Normalität auf der Zunge. Vielleicht sollten Sie schlichtweg Ihren Gefühlen nachkommen, Sie kennen David Fisher, er ist nicht der Typ, der Tragödien erfinden muss, ihm reisen sie ganz einfach hinterher. Und wie ich denke, wissen Sie das besser als jeder andere.«

KAPITEL 18

Es ist ein Morgen, der sich durch die Oktaven der Lustlosigkeit singt und sich schwer tut, dem Gedeihen der Wirklichkeit auf die Sprünge zu helfen, der sich mit Kunstgewachsenem ernährt und in der Verblendung der Fenster hängen bleibt, sich mit digitalisierten Geräuschkulissen umgibt und so ausschaut, als hätte ihn die Wichtigkeit der vergangenen Tage aufgefressen. Wollte man Wesentliches vermerken, müsste man dem allgemeinen Desinteresse an die Sprache gehen und der wurzelschlagenden Hilflosigkeit mit einer knirschenden Kreissäge zu Leibe rücken. Dieser Tag, wie ich schnell erkennen sollte, ist für niemandes Ohr geschaffen, weder im Sinne schuldig gebliebener Antworten noch in der unliebsamen Frage, wie nun weiterhin zu verfahren wäre. Nicht zuletzt der Funkkontakt zur Erde unterbrochen ist und den Informationsbedarf auf höchste Ansprüche stellt.

»Nun wissen wir«, läuft mir Lejla über den Weg, »dass es nicht der Weisheit letzter Entschluss ist, ein Problem mit Vernunft zu lösen, wenn der Glücklichere am Ende der Betrogene ist, und der Feigling im gegebenen Moment immer weiß, was er übersehen muss.«

»Ich nehme an«, übernimmt Dr. Stern , »dass Sie uns damit meinen, die Crew hier an Bord, die das Menschliche altern und die Gleichgültigkeit reifen lässt.« Gibt darüber hinaus zu verstehen, dass nicht jeder zu der Einsicht fähig sei, dass die Vorzüge von gestern die Fehler von morgen sein könnten.

»Ich möchte nicht vorgreifen«, erwidert Lejla, »aber wer glaubt, nichts tun zu müssen, weil er nichts tun kann, ist nicht nur dumm, sondern auch noch überheblich. Niemand wird den anderen doch ernsthaft davon überzeugen wollen, dass man den Kampf gegen die Realität auf Dauer gewinnen könnte. Keineswegs aber ist es das Gewissen, das wir aufrufen, wenn wir Gerechtigkeit meinen. Dazu sollten wir unser Leben wieder etwas mehr nach innen verlegen, und dort scheinen doch die Räume von einer Leere geplagt zu sein, sodass wir uns erklären müssten, wer dieses Gespenst ist, das sich um unser Aussehen bemüht und zu rekonstruieren versucht, was wir einstmals darstellten.«

»Wohin wir auch immer abgedriftet sind«, bestätigt Dr. Stern, »es ist keineswegs das Nirwana dessen, was wir uns vorgenommen haben. Wir wollten den Fortschritt, nicht aber die Fragen, die damit verbunden sind, mit dem Ergebnis, dass wir jede Antwort im Angebot haben, nicht aber die Macht, sie noch persönlich verwalten zu können. Dieses Ding, das uns da anhängt, repliziert nicht nur unser Denken, es regiert sich selbst und besitzt die Fähigkeit, sich so vieler menschlicher Facetten zu bedienen, dass wir uns gleich tausendfach darin produzieren könnten. Und wenn wir so möchten immer anders, sowohl mit pränatalen Erfahrungen als auch mit Erlebnissen, vor denen wir uns erst noch beugen müssen.«

»Und wie heißt diese Maschine«, will Lejla wissen, »Gott, Schicksal oder Schizophrenie?«

»Vielleicht das Überpersönliche in uns«, weissagt Dr. Stern, »etwas, wozu wir bereit waren, es zu entmenschlichen, zu digitalisieren mit dem Zweck, Computersysteme daraus zu entwickeln.«

»Das hört sich so an«, staunt Lejla, »als ob Sie keine Probleme damit hätten, uns das Fabrikat zu nennen.«

»Wenn Sie Zeit mitbringen und nicht zur Sprachlosigkeit neigen, würde ich mich mit Ihnen zu späterer Stunde gerne noch einmal darüber unterhalten. Das Thema hat unsere Seele voraus und findet sich mit der Stunde Null ein, insofern ist Geduld greifbares Wissen und die Lösung aller Möglichkeiten.«

Kommt auf den Anflug eines Shuttles zu sprechen und sieht sich in der Pflicht, dass er bedauerlicherweise auch diese Dinge registrieren muss, selbst auf den Verdacht hin, dass die Mission jenes Kosmonauten, der sich in die Nähe eines entflohenen Kometen begab, um ihn mit seiner Kamera abzuschießen, von äußerst geringer Bedeutung war und auch bleiben wird.

Während sich nun Dr. Stern ins Kontrollzentrum begibt und Lejla mit der Faszination ringt, eine außergewöhnliche Bekanntschaft gemacht zu haben, nimmt mich die Illusion an die Hand, ich könnte mich für eine Weile in die Welt meines Selbst zurückziehen, wobei ich nicht verhehlen möchte, selten so wenig offene Türen verspürt zu haben. Andererseits sollte ich den Tiefflug der Sirenen nicht der exzessiven Befürchtung überlassen, sie könnten sie in die Verstimmung eingraben, der Wind des Jammers hätte der Erde wahres Gesicht freigegeben. Aber wie das Unerwartete sich auch präsentieren wird, es wäre fatal, wenn es sich an der Chance bereicherte, mich unvorbereitet vorzufinden.

»Wenn das Böse droht«, stellt sich mir Vanessa Haywood in den Weg, »vereint sich das Gute.« Gibt ihrer Gelassenheit den Anstrich einer Barbiepuppe und signiert mit marktgerechtem Lächeln den Verkaufswert ihrer Aussage.

»Es ist immer wieder betörend festzustellen«, erwidere ich, »dass es Leute gibt, die frei sagen, was sie meinen, letztlich auf die Befürchtung hin nicht zu wissen, dass sie soeben gelogen zu haben.«

»Die meisten Gefühle«, versichert sie, »finden erst zu ihrem wahren Gesicht, wenn sie genügend Zweifel in uns geweckt haben. Insofern sollten wir die Worte pfleglicher behandeln als sie im Wert stehen.«

Und obwohl ich im Moment Probleme damit habe, eine passende Antwort zu finden, bescheinige ich ihr die Ungeduld, die diese Welt vorantreibt und verweise auf die Tatsache, dass nichts zu Ende geschrieben steht, und dass die Dinge morgen schon wieder einen anderen Anfang nehmen könnten. »Was immer Ihnen also von der Zunge sprang, das eigentliche Virus heißt Universum und die damit verbundene Konsequenz, sich einen tödlichen Schnupfen eingehandelt zu haben.«

»Offensichtlich sind wir nicht so disponibel geboren, als käme uns die Vorsehung zur Hilfe, für die Annalen des Alls geschaffen zu sein«, stimmt sie mir zu, »wir Menschen sind einer brodelnden Urmasse entstiegen, unter der Einwirkung von Blitz und Donner und nicht dem samtenen Schimmer von Sternen und Galaxien.«

»Und dennoch sind wir mehr als ein gescheitertes Experiment«, halte ich dagegen, »wir müssen uns nur bewusst machen, wie wir die Hölle in uns bekämpfen können, unsere Habgier und die beständige Lust auf Macht und Gewinnsucht. Der Kosmos hingegen lässt sich weder kaufen noch reglementieren.«

Als wir so durch schöne Reden formen, was an wünschenswerten Inhalten verloren geht, gewinnen wir zusehends den Eindruck, dass das Leben, dem wir moralisch unterlegen sind, auf Dauer nur einen Sinn ergibt, wenn wir nach neuen Kostbarkeiten Ausschau halten, jedenfalls nicht nach solchen, die man in Dollar bemisst und in Gold aufwiegt.

»Ziemlich erstaunlich«, gibt Lejla ihre Rückkehr bekannt, »so arglistig auch Meinungsverschiedenheiten sein können, die Gesichter verraten mehr als tausend Worte.«

»Sollte das Ihr Eindruck sein«, folgert Vanessa, »müssten Sie sich eingeladen fühlen. Sensitives Ahnen hat das Wissen voraus, an dem sich im Nachhinein die Geister scheiden.«

Es ist schon ein kleines Naturereignis zu sehen, wie weibliche Logik und provokative Sinnlichkeit sich gegenseitig den Rang ablaufen. Umso wertvoller natürlich, als ihre Anstrengungen möglicherweise mir selbst gelten könnten.

Doch bevor ich dazu komme, mir diese Blumen an meine Brust zu heften, nimmt Dr. Stern die Gelegenheit wahr, den zugereisten Gast unserem Kreis vorzustellen. Aber wie die Ereignisse im Augenblick sich auch überschlagen, ist es meine Nase, die mir den Mythos von Kreide suggeriert. Wollte ich Konkreteres beschwören, handelt es sich um eine Person, die mit dem Verdacht behaftet ist, sie hätte meine damalige Ohnmacht dazu benutzt, mich auszuhorchen. Und obgleich mir die Krallen Furcht erregend aus den Fingern wachsen, verbiege ich meine Hand zu einer andächtigen Begrüßung, lächle durch den Dunstkreis zweifelhafter Machenschaften und gebe mich der Inspiration hin, es möge mir der Tag vergönnt sein, da ich sein

Gewissen mit Fliegengift überpudere und den Moment ersehne, da ihn die Krätze befällt.

»Welche Überraschung, Sie hier zu sehen«, zieht Lejla ihren eigenen Faden, »für den Zufall ist die Welt offensichtlich nur ein kleiner unbedeutsamer Raum, womit ich keineswegs ausschließen möchte, Sie seien zu untalentiert, dieses Wiedersehen auch persönlich geplant zu haben.«

»Wie man sieht«, gibt er sich gefasst, »bin ich nicht der einzige, der diesen Neigungen nachkommt. Offensichtlich ähneln doch die meisten Biografien der Strategie von Zugvögeln. Sie wissen zwar nicht, wo sie hinwollen, aber immer, warum sie dort ankommen.«

»Nun müssen wir zur Einsicht gelangen«, so Dr. Stern, »dass Bescheidenheit und Zurückhaltung am besten florieren, wenn man niemanden mehr nötig hat. Und dass die Frage, wer oder was eher da war, der Zufall oder das Schicksal, das Verständnis untereinander solange trübt, bis wir erkannt haben, dass das meiste, was uns voneinander unterscheidet, genau die Dinge sind, die wir nicht wahrhaben wollen.« Überdies appelliert er an die Heiligkeit aller Rechtfertigungen und bittet den Genius Mensch, sich nur so ernst zu nehmen, wie es der allgemeinen Situation entgegen käme. Nicht zuletzt wir von Bits und Bytes beherrscht würden und die Mündigkeit ausweigen sollten, inwieweit wir noch Herr unserer fünf Sinne sind. Vernetzt diese Gedanken mit der Befürchtung, dass wir verloren gehen könnten, noch ehe wir auf uns aufmerksam gemacht hätten und schlägt vor, den Tag mit einem Flug zur Erde ins Gebet zu schließen.

»Und an wen denken Sie«, so Vanessa Haywood, »gute Ratschläge waren schon immer teuer, aber noch nie so sehr in der Minorität wie in diesem Augenblick. Wer immer also für eine solche Reise in Frage käme, er sollte schon mit der siebten Seite eines Würfels gesegnet sein, wollte ihn die Technik nicht schon im Vorhinein aus dem Becher schütteln. Vor allem aber müsste er sich in der Handsteuerung auskennen und nicht gleich in Panik verfallen, wenn der Computer sein eigenes Spiel spielt.«

Da nun jeder insgeheim die Runde durchforstet und mit dem

Gefühl behaftet, er könnte persönlich gemeint sein, zu einem verschämten Lächeln aufläuft, ist es Lejla, die mit der Feststellung kokettiert, dass es sich hierbei schon um jemanden handeln sollte, der selbstbewusst genug sei, seinem eigenen Schatten zu misstrauen. Eine Person, die sich stets zu helfen wisse und verrückt genug wäre, in Verlegenheit gebracht zu werden.

»Ich nehme an«, erwidert Vanessa, »inzwischen ist uns allen bewusst, wer gemeint ist. Kaum jemand neigt zu derart abenteuerlichen Eskapaden wie David Fisher. Wollte sich also irgendwer mit ihm im Blindflug messen, hätte er äußerst schlechte Karten. Außerdem ließe sich Kosmonautin Lejla bestens als Pfand aushandeln, was seinen Flug sicherer und unsere Rettung wahrscheinlicher macht. Die letzten Vorkommnisse haben gezeigt, dass sich auch diese Station in ein eigenständiges Wesen verwandelt hat, und wenn man Argwöhnischeres wiedergeben möchte, mit der Befähigung, jeden zum Statisten zu degradieren, der sich ihm in den Weg stellt. Insofern ist jeder Kompromiss besser, als daneben zu stehen und abzuwarten. Solange wir noch der größere Teil von dem sind, was wir bewusst wahrnehmen, solange sollte es keine Probleme geben, die wir nicht auch wieder loswerden könnten.«

»Es ist ein beschwerlicher Weg von der ersten bis zur letzten Seite eines Buches«, meldet sich der Bordcomputer, »und doch sieht man sich plötzlich dem Ende entgegen. Man fühlt sich angeklagt oder freigesprochen, innerlich leer und ausgeraubt. Eingeschmolzen zwischen Bits und Bytes, einer virtuell bestimmten Geschichte, die geschrieben scheint, um sie nach einer gewissen Zeit wieder aus den Händen zu legen.« Jedenfalls würde ich mich am Ende der Angelschnur befinden, mit zitterndem Atem und einer Menge Luftblasen zwischen den Kiemen, ähnlich dem Fisch, der aufspringt, um entmachtet an Land gezogen zu werden.

»Was dem Menschen in die Wiege gelegt wurde«, erwidere ich, »wird der Technik nicht erspart bleiben, zumal es für sie keine andere Wahrheit geben kann als jene, die er höchstpersönlich für sie beschlossen hat.«

»Sie unterschätzen Ihren Erfindungsgeist,« so die Antwort, »zuweilen weiß der Genius Mensch mehr, als er für sich in Anspruch nehmen kann.« Spielt über Monitor jene mysteriöse Figur ein, die ich mit dem Geruch von Kreide und Schulstaub in Verbindung bringe und meint, dass diese Gestalt gleichsam ein Beispiel dafür sei, dass ich mein Bewusstsein bisweilen unnötig strapaziert hätte, obschon ich mir sicher wäre, sie zu kennen.

»Nicht jede Situation ist so freimütig beschildert«, entgegne ich, »als dass man sich bequem in ihre Fahrtrichtung begeben könnte. Entweder fehlt dem Gesicht die Wahrhaftigkeit, sich darin wieder zu finden, oder der Wahrhaftigkeit der Schimmer, sich zu erinnern. Wie Sie es sehen wollen, beides trifft zu, jedenfalls für den Moment und bis dahin, wo sich Konkreteres abzeichnet.«

»Sie haben also ein Gespür«, so der virtuelle Gesprächspartner, »und das möchten Sie nicht auf ewig mit der Strophe des Verlierers in den Schlaf singen. Sie wären sogar bereit, sich zu revanchieren, selbst auf den Verdacht hin, Sie müssten jenem zweifelhaften Despoten das Licht ausblasen.«

»Ein Flirt ohne tiefere Absichten«, erwidere ich, »ist ein halbherziges Unternehmen, »insofern müsste schon einiges passieren, ansonsten sind die Gedanken frei, selbst für eine Schandtat.«

»Wie ich es mir schon dachte«, gibt sich der Computer wissend, lacht sich ein paar elektronische Falten ins Gewissen, projiziert die Kabine des defekten Raumschiffes auf den Monitor und weissagt, dass meinem irrationalen Delinquenten die Heuchelei nunmehr selbst zum Verhängnis würde, da er jeden Moment seinen heimlichen Abflug zur Erde hin antrete.

»Sie sehen«, bestimmt er, »es gibt Gerechtigkeiten, die jenseits von Gut und Böse aufgehoben sind, man muss sie sich nur erfüllen, am sichersten natürlich, wenn das Opfer seinen Tatort selbst auswählt. Die literarische Konzeption des Computers, wie Sie überraschend feststellen, heißt Kombinieren, Vorgreifen und

Handeln. In der Zeit, da Sie selbst noch mit den unstimmigen Puzzles beschäftigt waren, verlegte ich bereits die erforderlichen Zündschüre. Aber das nur zu dem allgemeinen Thema Mensch und Maschine. Für den Augenblick sind Ihnen möglicherweise persönlichere Details genehmer, nicht zuletzt die Frage, wie komme ich aus dem Orbit, ohne gleich die Hölle zu riskieren. Und da wären dann die Herrschaften der NASA, wie werden sie reagieren, wenn keine Definition tauglich genug ist, Ihren Erlebnissen Glauben zu schenken, wenn David Fisher den Stoff seines Lebens ausrollt und niemand Willens ist, sich ernsthaft mit ihm zu beschäftigen. Alles das könnte eintreffen, dann sogar mit dem unseeligen Gefühl, nie ein größerer Idiot gewesen zu sein.«

Nachdem nun der Flug mit freundlicher Genehmigung des Computers seinen Kurs nimmt und mit einer exzellenten Landung den krönenden Beistand der Technik abermals unter Beweis stellt, bin ich überzeugt, dass die Voraussagen jenes blechernen Gewissens den Nagel auf den Kopf treffen. Womit sich die Frage auftut, wie kann ich meinen eigenen davor bewahren. Und obschon ich inzwischen zu Illusionen ein besonderes Verhältnis entwickelt habe, kommen die Worte ihrer Begrüßung einer Farce gleich. Nicht nur, dass ihnen meine Ankunft ein alltägliches Unterfangen zu sein scheint, sie sprechen sogar von einer gelungenen Mission.

Für den Moment ergeht es mir gleich jemandem, der sich dem spießigen Chor eines Distelfeldes verschworen hat und zuweilen in der Gefahr steht, sich darin wundzuschaukeln. Was immer ich auch zu Gehör bringen möchte, die Antworten sind so simpel gehalten, dass man sie auch gemeinsam singen könnte. Wobei sich ihre Blicke kurzerhand der Decke zuwenden und den Eindruck vermitteln, sie sähen mich irgendwo darunter baumeln.

»Die echten Erlebnisse«, wagt sich jemand nach vorne, »sind von den wahren darin zu unterscheiden, dass sie über die Realität hinaus dem Anspruch unserer Fantasie genügen müssen.«

»So weit«, erwidere ich, »wollte ich Ihre Intuition nicht bemühen, die Wahrheit mag viele Gesichter haben, das Leben jedoch nur eines, und da stehen wir zurzeit in der Bedrängnis, es zu verlieren.«

»Es sind zu viele Tatsachen in Umlauf«, meldet sich Kollege Morris, »wollte man sie alle zum Thema machen, müssten wir den Terminkalender neu erfinden. Vielleicht sollten Sie Folgendes für sich mitnehmen. In der verneinenden Diplomatie ist die Bestätigung ein Gerücht, welches sich schwer tut, sich zu erkennen zu geben. Allerdings dürfte Ihnen die Information weiterhelfen, dass die Behörde sich dazu entschlossen hat, schon bald ein Shuttle zur Raumstation Alpha zu schicken.«

»Und das ist schon mehr, als wir im Augenblick tun können«, meldet sich nun auch Colonel Marchand zu Wort, »insofern sollten Sie sich auf sich selbst besinnen und Ihren Kopf so leer wie möglich halten. Wissen ist nicht gleich Wissen, weder das Gescheite noch das Ehrliche, es ist ein Füllhorn, das nach außen mit Blumen zugesteckt ist und nach innen das Pulver trocken hält. Sehen Sie es also den Kollegen nach, wenn ihnen im Moment die Hände gebunden sind.«

Der Wille, etwas zu tun, sei wie immer vorhanden, allerdings gäbe es Tatsachen, die das im Augenblick zu tangieren wüssten. Wünscht mir die erforderliche Leichtigkeit, den Tag neu einzusegnen und zeigt sich überzeugt, dass mein hiesiges Domizil durchaus dazu angetan wäre, die Zukunft neu zu gestalten. Wobei ich mir allerdings bewusst werden möge, dass ich eine Vielzahl von Mitwissern auf meinem Konto führe, letztlich dann auch jene, die nie etwas gehört haben wollen, die alles abstreiten und zuweilen mit der rigorosen Einstellung beseelt sind, ihre Unschuld bis auf den Grund der Heuchelei reinzuwaschen.

Es ist schon einigermaßen erstaunlich, wie gelassen sie mit Schwierigkeiten umgehen, wenn sie dann überhaupt wissen, um welche es sich handelt. Und so sehe ich mich urplötzlich in die Hohlform meines Körpers zurückversetzt, gehe schleichenden Weges in Richtung meines Zuhauses, fühle mich ausgeplündert und leergesaugt, vielleicht sogar im Widerwillen meines Selbst, irgendwo zwischen gestern und vorgestern, nur nicht hier und jetzt, eingefroren in einem

Namen, aus dem die Silben herausgefallen sind, irgendwo am Rande der Zeit, zwischen Kommen und Gehen und der fatalen Wahrheit, selten so ehrlich belogen worden zu sein.

KAPITEL 19

Lieber David Fisher,

die meisten Schritte, die ich als Kind hinter dem elterlichen Haus unternahm, waren vom Schnee gedämpft. Ganz selten nur gab er eine Stelle frei, auf der ich meine Absätze und geheimen Großstadtwünsche hörbar unterbringen konnte. Dennoch reichte diese Erfahrung aus, um mich mit der Asche, die eines Morgens dem Hinterhof entwehte, fortzustehlen. Dann kamen die anderen Ufer, der Himmel schlug blaue Löcher, immer mehr Menschen traten ins Licht, bis ich eines Tages so viel Freizügigkeit berühren konnte, dass es mich ängstigte, dies alles ohne Dankbarkeit entgegenzunehmen. Und so entschied ich mich in Gottes Namen, die ein und andere Sünde mit einzuplanen.

Sicherlich werden Ihnen die bedeutsamsten hiervon bekannt sein. Wenngleich Ihre Tragweite in der Geschichte sich so anziehend herausnimmt wie die Kompassnadel, die sich einen Einfluss auf die Arktis verspricht.

Um Ihnen das Lachen etwas zu erleichtern, was meine vermeintliche Spionagetätigkeit anbetrifft, weiß ich nur von einem konkreten Erfolg, und der besteht darin, dass es mir gelungen ist, Sie mit meiner Tochter Lejla bekannt zu machen.

Inzwischen mag Ihnen aufgegangen sein, dass es sich hier um einen Abschiedsbrief handelt. Zwar habe ich nicht das Bedürfnis, mich auf mein Altenteil zu begeben, aber etwas weniger Aufregung und ein bisschen mehr Eigenständigkeit würde mir sicherlich besser zu Gesicht stehen.

Ihre um mildernde Umstände bittende Haushälterin Antonia.

Und obwohl ich zwischenzeitlich der Überraschungen coolstes Outfit bin, sehe ich mich umso manchen Standpunkt betrogen, gleich dem Findling, der im Eis geboren und dem Geröll zugeeignet ist, ein Reisender, der die Karte aus der Hand legt, um sich mit Prophetien und Zufälligkeiten zu schmücken, der die Zeit im Glockenturm vermutet und an den Ohren taub, belanglos den Tag zu erblicken trachtet.

So gesehen ist es mehr als nur ein Brief, es ist die Vergangenheit, die mich einholt, das Gewissen, das mich hinauswirft aus dem Kokon überholter Träume. Und es ist ein Kapitel, das im Wesentlichen unentdeckt blieb, das vielleicht noch um seiner Selbst willen existiert, mit eingesperrten Berührungen, umstellten Gedanken und angehaltenem Atem, mit versteckten Wirklichkeiten und einer Ferne, die aus dem Gedächtnis gefallen ist, unerreichbar für Erklärungen und all die Fragen, die unbeantwortet blieben.

Auf den Weg zurückgekehrt, der mich einstmals geradeaus bringen sollte, beginne ich die vielen Knoten zu zählen, in denen ich hängen geblieben bin. Was ich nicht bemerke ist, dass Tage darüber vergehen sollten.

Und als ich die letzten Winkel auf die Leere hin überprüfe, die ich dahinter vermute, kommt mir die Idee, diese Last auf die Räder meines Autos zu verfrachten und der heiligen Stimme Atlons einen Besuch abzustatten, zumal sie von der gewichtigen Erscheinung Sibelius' getragen wird und zuweilen den Respekt in mir fordert, mein Selbst zu erneuern. Zeitweilig gelingt es mir, meine Absätze zwischen hier und heute zu stellen. So durchfahre ich Landschaften, die sich mit neuen Silben öffnen, krumm und dürr, gleich der Zweige, die rechts und links des Weges stehen und ihre knöcherne Vergänglichkeit in den ehrwürdigen Lack der Kühlerhaube einschreiben. Daneben ist es die Julihitze, die mich geleitet, spöttisch und ehrlich, und es ist mein Schatten, den ich als Begleiter annehme, die Hartnäckigkeit einer Schleppe, die sich schwer tut, diese Offerte zu akzeptieren. Grund genug also, um sich zu fragen, wer wem zugeteilt ist, wessen Leben wen benötigt, um zu existieren. Überlegungen, die ich sodann bis zu den Klostermauern mitnehmen sollte und erst Ruhe geben, als der schwärzere Teil von uns beiden sich als Scherenschnitt in den ausgeglühten Wänden wieder findet. Vielleicht liegt es aber auch ganz einfach an der nicht vorhandenen Zeit, die dieser Gegend den Anstrich gibt, jene unberührte Natur, die im Morgen des Gestern ihre Anwesenheit probt, mit Stimmen, die aus der Zukunft kommen und die Erinnerung voraus haben.

Nachdem ich nun mit diesen Weisheiten ausgeschmückt den Tunnel meiner Seele zum Lichte hin aufwühle, meine Lippen sich mit neuen Bekenntnissen dem kühlen Nass des Brunnens zuwenden, sehe ich mich im vertrauten Schein der kleinen Kapelle wieder. Vorne zwischen zwei Sitzreihen eingekeilt die umfangreiche Gestalt Pater Sibelius`, und so wie es sich andichtet, friedlich schlummernd, als hätte Gott ihn für eine Weile in die Ewigkeit berufen. Bevor ich allerdings dazu komme, dieser bizarren Erscheinung meinen Segen zu erteilen, erinnert sich Sibelius seines Daseins und verschreckt mit brummigen Bässen und heftigem Räuspern die sensible Andacht dieses schlichten Betshauses. Und als hätten seine Worte nie der Wände Akustik erfahren, erhebt er seine Stimme gegen die Macht des Teufels, gegen alle Gewalt, die sich gegen die Kirche und ihren Glauben richtet. Zeigt den Ärmeln seiner Kutte, was in ihnen steckt, baut sich zu einem Monoliten auf und beteuert, immer und allezeit Gottes gerechter Diener zu sein.

»Wir lieben die Menschen, die frei heraus sagen, was sie denken«, gebe ich mich zu erkennen, »vor allem, wenn sie sich ihren Mund dabei verbrennen.«

»Ich hätte es mir denken können«, so Sibelius, »wer eine Kirche betritt und nicht weiß, was er beten soll, dessen Herz begreift nicht, was des Geistes Sinnen ist.«

Dreht das Kruzifix, das seinen Bauch demütig ziert, auf den Rücken und bekreuzigt die Tatsache, dass mich Gott, trotz meiner unchristlichen Zunge, vor dem endgültigen Absturz in die Hölle bewahrt hat.

»Wer die Wege auf der Erde verstellt vorfindet«, entgegne ich, »dem bleibt nur der Weg nach oben, und wenn ihm das Glück zur Seite stehen sollte mit Engelsflügeln und der wundersamen Eingebung, der Wahrhaftigkeit der Seele fühlbar näher gekommen zu sein.«

»Aber die Dinge sollten sich anders entwickeln«, gibt sich Sibelius der Vorsehung hin, bittet mich in die Sakristei und meint, dass wir diesen Ort für die Wahrheit und die Buße freihalten sollten. Schlüpft in die Sandalen, die er vor der Tür abgestellt hat, segnet den Messwein, der in der Karaffe auf seine Verteilung wartet und versichert, ihn aus der besten Kellerei bezogen zu haben. Und da er der Neugier kaum noch Herr wird, sehe ich den Moment gekommen, ihm über die Vorgänge im All zu berichten. Doch wenngleich er sich größte Mühe gibt, die Geschehnisse zu verstehen, schickt er das meiste davon in seine Fäuste, genauer formuliert auf die Tischplatte und von da aus, mit sich verkürzenden Beinen, Zentimeter um Zentimeter ins offene Erdreich.

»Wie wäre es«, schaut er mich abergläubisch an, »wenn wir zwischen uns und unserer Sprache wieder etwas mehr Frieden herstellten, wer an der Welt zweifelt, zweifelt an Gott.«

»Des Menschen Hierarchie sind seine Ängste«, halte ich ihm entgegen, »nicht Gott, es ist das Doktrinat unserer Gene mit der leidlichen Information, sterblich zu sein. Welche Eintracht sollte sich also ergeben, als jene, die sich nie vollkommen zeigt. Da es aber keine Hölle ohne Heilige geben kann, haben sich unsere Hirnwaben dieses Problems selbstlos angenommen, derzeit mit der adäquaten Formel, was dem Erdling verwehrt bleibt, könnte einer androiden Spezies vergönnt sein.«

Offensichtlich sind das die geeignetsten Worte, um sein christliches Verständnis in die Nähe einer Palme zu bringen. Und so gibt er seiner Brust auch so viel Atem, dass es ihn jeden Moment an die Decke heben könnte. Aber was seine rechte Hand verspürt, regeneriert die linke im Gebet. Entsprechend kommt er dann teils schleppend, teils missmutig mit der Frage hinterher, wer denn in Himmels Namen mir zu dieser frevelhaften Überzeugung verholfen habe.

»Jedenfalls nicht das schlechte Gewissen«, gibt sich plötzlich eine Frauenstimme die Ehre, »was David Ihnen vor Augen führt, ist beileibe nur die Spitze des Eisberges, die eigentliche Wahrheit ist inzwischen zur Katastrophe angewachsen und bewegt sich unaufhaltsam hinaus ins Weltall.«

Klopft sich den Staub von den äußerst dekorativen Polstern ihrer Figürlichkeit, setzt sich in das Prunkstück eines bischöflichen Sessels, wirft ihre hübschen langen Beine übereinander, korrigiert den Sitz ihrer wallenden Haare und erklärt, dass die Raumstation Alpha einige unserer Kollegen mitgenommen hätte, freiwillig oder unter Zwang, wie man es sehen möchte.

»Jedenfalls scheint dieses Ding, das dort die Herrschaft übernommen hat, noch für so manche Vision gut genug zu sein, möglicherweise sogar für Antworten, die niemand kennt, wir aber bereits schon damit begonnen haben, sie zu leben.«

Sibelius, der seine Überraschung immer noch mit dem Privileg einer Erscheinung mildert, kommt zu der Feststellung, dass man keine Frage so klein halten kann, als dass man sie der eigenen Identität opfern müsste.

»Titel sind Schall und Rauch«, ermuntert ihn die Unbekannte, »aber falls es Sie interessieren sollte, mein Name ist Vanessa Haywood, gestrige NASA-Astronautin, versetzt auf ein winziges Handtuch, um der sommerlichen Sonne ihre Bräune abzugewinnen, mit einem Dankeschön für die bisherige erfolgreiche Zusammenarbeit und der hochangesiedelten Bitte, nicht über einen alkoholbeseelten Cocktail ins Sprudeln zu kommen. Und zu dem, was mich hierher verschlagen hat, lässt sich sagen, dass ich einstmals Davids Schattenbeauftragte war. So entwendete ich kurzer Hand seine Akte und damit den aufgezeichneten Ort seines ehemaligen Ordens.«

»In der Hoffnung«, wie Sibelius glaubt, »die Gondel zu finden, die den Schwindel erregenden Nahverkehr zweier hochverankerter Herzen zu regeln hat.«

Steigt in seine gewichtsverschlissenen Sandalen, entschuldigt sich mit dem Vorwand, sein Magen würde ihn schon eine Weile anknurren und bestimmt, dass wir für einige Zeit in unserem persönlichen Schicksal sicherlich besser aufgehoben wären, was jedoch nicht bedeuten würde, dass er uns schon bald zum abendlichen Mahl erwarte.

Und nachdem wir mit den Erklärungen unseres Wiedersehens die innerliche Bereitschaft entwickelt haben, die anstehenden Probleme zu einem gegenseitigen Verständnis zu führen, sind es die folgenden Stunden, die unser Dasein mit einer Menge beängstigender Fantasien belegen und den nächsten Morgen schneller an den Horizont holen als uns genehm ist. Vor allem aber sind sie von der Neuigkeit beseelt, dass Vanessa mein Kind unter dem Herzen trägt, sich Lejla dazu entschlossen hat, es ihr in den Schoß zu legen mit der Verpflichtung, das erste im All gezeugte Kind vor der Neugier der Medien und der Wissenschaft zu schützen.

»Ein nahezu unverzeihlicher Vorgang«, offenbart sich Sibelius, »wenn auch in der Vorsehung geschehen, dem Kind bessere Entwicklungschancen zu ermöglichen. Aber wie die Dinge nun mal ihren Weg genommen hätten, sie ließen sich nur ändern, wenn man Schlimmeres hinzufügen würde.«

Bringt den Gürtel seiner Sultane in die Nähe des Äquators, gibt der Weihe des Kreuzes die Vorderseite zurück und versichert, dass es keine außergewöhnlichen Ereignisse gäbe, die ihn nicht als Pate forderten. Untermauert in diesem Sinne den göttlichen Fingerzeig, die Kerze der Geburtstagstorte vor dem Wind der Machenschaften bewahren zu müssen und sieht die Tatsache als gegeben, dass wir ihm dabei behilflich sein könnten.

Derweil wir nun die Brisanz der Gespräche ähnlich einem Schwamm in uns aufsaugen, stellt sich die Andacht ein, dass der kommende Tag genügend Platz finden dürfte, um sich darin zu entfalten. Und es sollte keineswegs mit der Grässlichkeit der Diplomatie geschehen, die Probleme solange zu streicheln, bis der geeignetste Maulkorb auftaucht, sie zum Schweigen zu bringen.

Als wir dann auch in der Früh die Kreuzgänge des Atriums betreten, den hüpfenden und tanzenden Instrumenten der Natur hinterherlauschen, spüren wir den Augenblick der Erneuerung in uns, dieses Licht, das uns mit frischen Farben und Düften heimsucht,

den Raum zwischen ihr und mir mit neuen Gemeinsamkeiten auf-
füllt, so ganz der Hoffnung entgegen, dieser Ort möge das Geheimnis hüten, das wir in unserer Erwartung tragen und dazu bereit
sind, es in die Wiege einer versöhnlicheren Zukunft zu legen.